極道CEOは懐妊妻にご執心

～一夜の蜜事から激愛を注がれ続けています～

m a r m a l a d e b u n k o

真彩 -mahya-

marmalade bunko
マーマレード文庫

目次

極道CEOは懐妊妻にご執心
～一夜の蜜事から激愛を注がれ続けています～

極道CEOは懐妊妻にご執心

～一夜の蜜事から激愛を注がれ続けています～

プロローグ

私をよく知っている人がこの現場を見たら驚くことだろう。

そもそも私は何事にも慎重な性質で、それこそ石橋を叩き壊すくらい叩いてから渡るほうなのだけど。

「一生に一度くらい、こういうのも悪くないだろ」

至近距離で囁かれ、お腹の奥がうずいた。

彼の背中や肩、二の腕には桜の花が咲き乱れている。

私は一糸纏わぬ彼の裸体のどこを見ていいのかわからず、決して散ることのない桜の花びらを見つめた。

桜は灯りを消した空間の中に浮かび上がるように、そこにある。

彼は私の着衣をはぎ取り、大きな手で頬を包んだ。

形のいい唇が押し付けられ、慌てて目を閉じる。

瞼の裏に、桜の花びらが焼き付いていた。

彼は普通の人じゃない。

こんなに広範囲の刺青がある人が、普通なわけはない。
今までの私だったら、決して彼に気を許したりしなかった。
刺青を見た瞬間に、脱兎のごとく駆けて逃げたに違いない。
初対面の男性と出会ったその日に抱き合うことも、昨日までの私は予想もしなかった。
だけど、もう私は普通であることも、慎重であることも気にしなくていいのだ。
彼は私にとって、最初で最後の男なのだから。
私の上に彼が乗っている。
誰かの体温を感じるのは、いったい何年ぶりだろう。
大きな手の中で、私の胸の膨らみが形を変える。
彼と私を乗せたシーツの上で、長い髪が揺蕩っていた。

グアムの桜

「広瀬志麻《ひろせしま》さーん」

やっと名前を呼ばれた。

この辺りで一番大きい総合病院であるここは、予約をしていても何時間も待たされることがザラだ。

そういえば、前に受けた健診のときもすごく混んでいた。スタッフさんはみんな必死な様子で忙しなく働いていたっけ。

かく言う私も十時の診察予約だったのに、時計はもう正午を指そうとしている。

予約の意味とは？……と受付のお姉さんに文句を言ってもどうしようもないので、すっかり固まってしまった腰を待合室のソファから浮かせ、ピンクの扉の診察室に入った。

診察室の中には、白衣を着た高齢のお医者さんがいる。

奥にはパソコンの前に座る事務員さんと、立っている看護師さんがひとり。どちらも四十代後半に見える。

「ご家族は来てないの？」

頑固そうな白髪のお医者さんが、分厚い老眼鏡をかけたまま、上目遣いでこちらをにらむ。

「前回もお話ししましたけど、立ち合いできる家族がいなくて」

「こんなときくらい、誰か来ればいいのに。まあいいや。記録残しておいて」

お医者さんは分厚い眼鏡をかけた事務員さんにそう言った。

いやだから、前回の内視鏡検査のときに言っておいたでしょ。

私には身寄りがないに等しい。

小学生のときに母とは死に別れ、父は私が高校生のときに再婚して新しい家庭を持った。

再婚相手には私より二つ年上の息子がいる。つまり私の義兄にあたるわけだが、高校生の女子がいきなり血も繋がってない男の人との同居を、すんなり受け入れられるわけがなかった。

再婚相手は私にも親切だったけど、彼女も義兄も他人にしか思えず、私は大学進学と共に家を出た。

それ以来疎遠になり、二十五歳になった今では、父親とも滅多に連絡は取らない。

唯一連絡を取っているのは父方の従妹の麻美《あさみ》ちゃん。同い年の彼女とはたまに連絡を取り合っている。けど、麻美ちゃんも平日は働いているので、わざわざ休みを取って病院に来てとは頼めなかった。

「ええと、この前の検査の結果だけど、膵臓がんでした」

「へ？」

なんの前触れもなく、単刀直入に用件を切り出された。

「先生、いきなり告知は」

「だって、相談する家族連れてこないんだから仕方ないでしょ」

焦った顔の看護師さんに対しても横柄な態度で応えるお医者さん。

「膵臓がん、ステージ三。それがあなたの病名です」

診察室に重い沈黙が落ちた。

二か月前、健康診断で受けた血液検査に引っかかり、検査入院を二回した。

超音波内視鏡検査で膵臓の様子を見た一回目に「あんまりよくないかもしれない」と言われ、二回目で膵臓の組織を採取し、分析してもらった。

主治医となったのは、目の前に座っている頑固なおじいちゃんドクター。名医なのか知らないけど、外来はいつも混んでいて、検査の予定も立て込んでいるらしい。

あんまりよくないとは聞いていたけど、病名がつくとは思っていなかった。

なんと返せばいいかわからない。握った手のひらを汗が濡らす。

「本当ですか？　全然なんともないんです。ただ会社で一年に一回健診を受けるように言われて受けた、それだけで……」

「膵臓がんは症状が出にくいことで有名だから」

私の発言は、すぱんと切り捨てられた。

「で、どうする？　手術か抗がん剤か放射線か」

「ちょ、ちょっと待ってください。膵臓がんステージ三って、どれくらいひどいんですか」

「発症から五年後生存率は十パーセントを切ります」

お医者さんは無慈悲に告げた。時間がないんだと言わんばかりに、早口でまくし立てる。

「若いから、進行も早いと思われます。治療を始めるなら、早くしたほうがいい。効果が出るかどうかはやってみないとわからないけど」

頭が真っ白になった。

呆然とする私に、看護師さんが優しく言った。

「びっくりしましたよね。今決めかねるなら、次回予約を取って、そのときにお返事をいただくということでもいいですよ」

次回予約。また仕事を休んで、三時間近く待たされるのか。嫌だな。

でも、治療しないと。どれくらいお金がかかるんだろ。ああ、こんなことなら、この前オフィスに来た保険レディの話をもう少し真面目に聞いておくんだった。保険、入ってない。

どうしよう。どうしよう。

入院にも保証人が必要だった。

今までは麻美ちゃんが名前を書いてくれたけど、手術だの抗がん剤治療だのとなったら、もう頼めない。迷惑をかけてしまうもの。

「ちょっと、今すぐどうすると言われても」

声が震えて、自分でも聞き取りづらかった。

お医者さんが眉を顰める。

どう考えても、治療は金銭的に不可能。だったら穏やかに余命を受け入れられるかというと、到底そうではない。

「だから家族を連れて来いって言ったのに」

お医者さんは呆れたように、そう吐き捨てる。

私のように混乱してしまい、話にならなくなる患者さんは少なくないのだろう。

「びっくりしましたよね。みなさん、ご家族と相談してから決めるんですよ。急いで結論を出さなくても大丈夫ですから」

「はい……」

不思議と涙は出ない。

胸が締めつけられるような圧迫感と、指先の震えが収まらず、余計に私を不安にさせる。

静かになった診察室で、事務員さんがキーボードを叩く音だけがする。彼女はお医者さんの代わりにカルテを記録しているらしい。

呆れ顔のお医者さんに指示され、冷静な顔で一か月後の予約票を出力する事務員さん。

私はそれを受け取り、診察室を出た。

突然の告知から一週間後。

なんとか休まずに職場に出勤している私は、なんて真面目なんだろう。誰か褒めてほしい。

住宅の外壁や窓枠、玄関扉、カーポートなど、エクステリア全般を扱う会社に勤めて早三年。

お客様相談室から、何年も前に発売した玄関のリモコンキーの在庫を尋ねられ、カタログ片手に倉庫に赴く。

「子供がなくしたって言われてもさ～……」

新型のリモコンでも対応できるのでそちらはいかがですか、とコールセンターが提案してくれたらしいが、性能もいいが価格が上がるという理由で、旧製品の在庫の確認を求められたのだ。

新型リモコン、一万二千円。旧型は七千円。

そりゃあ、お子さんにたびたびなくされることを考えたら七千円がいいよね。それでも高いと思うもん。

のそのそと薄暗い倉庫で在庫品の棚を漁る。

データ上では在庫アリになっているのだから、あとは見つけて発送するだけ。

「どこだっけな……」

ずらりと並んだ部品棚の引き出しを見ていたらめまいがしそうになった。

あと五年しか生きられないかもしれないのに、旧型リモコンキーを探して時間を浪費するのは正しい行為なのだろうか？　いや、正しくない。そんな気がする。

「おお、びっくりした。なにしてんの？」

「川口《かわぐち》君」

ドアが開いたと思ったら、勝手に驚かれた。

茶色の丸みあるカットをされた髪を揺らして来たのは、同期の川口君。

顔は特別イケメンというわけではないけれど、髪型や服装が小ぎれいなので、社内の女性からの人気は高い。

「旧型のリモコンキーってどこか知ってる？」

「玄関の？　見たことあるようなないような……」

川口君は私の背ではよく見えない、高い位置にある棚を見てくれる。

「あった。これかな」

「あー、そうそう。ありがとう」

彼が引き出しごとくれたので、その中を探る。

シルバー、ブルー、ピンクとあるけど、注文されたブルーは最後の一個だった。

どこの少年か知らないけど、もうなくすなよ。いや、少女かもしれないか。

「広瀬さあ、最近ボーッとしてるよな。前はどこになにがあるか、しっかり覚えてたろ?」

リモコンを取ったあと、川口君が引き出しを元の場所に戻してくれる。

「そうだっけ?」

「そうそう。なのに最近は、認知症のおばあちゃんみたいだ。ボーッと歩いているかと思ったら、すぐ戻っていく。あれ、なにをしにきたか忘れたんだろ?」

「認知症は言いすぎでしょ」

同じ部署の誰にも、病気のことは話していない。

人事には報告する義務があるので、診断書を出した。それを受け取ったお姉さんは絶句していた。

「ちょっとショックなことがあってね」

お母さんが亡くなったとき、強くなろうと決めた。

小さいことは気にせず、向けられる悪意には鈍感になるよう努め、いつしか鋼メンタルの広瀬さんなんて呼ばれるようになったけど、突然のがん告知にはさすがの鋼メンタルも抉られた。

「どうしたの？　話してよ。そうだ、うまい中華料理屋見つけたんだ。たまには飯でも食いながら、ゆっくり話でも」

「ううん、やめとく。気分が乗らない」

明るかった川口君の表情が、わかりやすく曇った。

いつもはこんな断り方しない。当たり障りない理由をつけるか、普通に一緒に飲みに行くかしていた。

川口君は話しやすいし、面白いし、うまい中華料理とやらにも興味はある。

だけど今は仕事を離れた場所では、一瞬でも他人に気を遣いたくない。

だって、私そのうち死ぬんだもん。

自分のためだけに、残りの時間を使いたい。他のことで神経をすり減らしたくない。

と言いながら一番の理由は、がんのことを話しても彼の気分を悪くするだけだから。

変に同情されるのも嫌だものね。

「ごめんね、じゃあ」

「あ、広瀬っ」

なにか言いかけた川口君の声を聞こえなかったフリをし、私は倉庫を出た。

土曜日、突然の玄関チャイムに起こされた。

体がだるい。病気のせいかもしれない。

のっそりと手を伸ばし、スマホを掴んだ。時間を見ると、朝十時。だいたいの人は起きているであろう時間帯だ。

「はーい、どちら様……」

宅配を頼んだ覚えもないし、いったい誰だろう。

宗教の勧誘だったら嫌だな。

のぞき穴から外を見ると、知った顔で安心した。

「志麻ちゃん、生きてる？　どうして返事くれないのよ。心配したじゃない」

玄関を開けると、従妹の麻美ちゃんが立っていた。

言われてスマホをもう一度見ると、昨夜からいくつか、メッセージアプリに麻美ちゃんからのメッセージが入っていた。

「ごめん、爆睡してた」

仕事は以前よりだいぶ気を抜いてやっている。でも、疲れることは疲れる。

「嫌ねえ」

麻美ちゃんはかわいいパンプスを脱ぎ、ズカズカと家の中に上がってくる。

将来に絶望して、縊首《いしゅ》でもしたかと思われたのかな。

「大丈夫だよ。ちゃんと麻美ちゃんに迷惑をかけないように手配するから。まだなにも決めてないけど」

「おバカ。大丈夫じゃないじゃない。今日は相談に来たのよ」

「相談？」

ちゃんとおしゃれしている麻美ちゃんが、テーブルの前に座る。

まだパジャマの私はコーヒーを淹れ、彼女に出した。

向かいに座り、買い置きしておいた菓子パンの袋を開けた私に、麻美ちゃんは「もっと栄養のあるもの食べなさいよ」と眉を顰めた。

病院で余命宣告をされた日、なんとかひとりで自宅アパートに帰った私は、麻美ちゃんに電話をかけた。

病院には大勢の人がいたから理性が保てたけど、ひとりになった途端にものすごい孤独感と恐怖に襲われたのだ。

とにかく話を聞いてほしくて、麻美ちゃんに電話をかけ、病名と余命のことを話した。

はじめは麻美ちゃんもなにが起きているかわからない様子だったけど、最後は泣いていたような気がする。

彼女はなんとか最後まで治療を受けられるよう、国の補助制度などを調べてくれると言っていた。

「あ、病気のことはおじさんに言っておいたから。連絡来た？」

「あー……メールが来てた気がする」

父と疎遠になっている私は、麻美ちゃんに病気のことを伝えてもらえるように頼んだ。

治療費を出してもらおうとしたわけじゃなく、一応伝えておこうと思っただけ。

父からは「麻美ちゃんに聞いたけど、どういうこと？」とメールが来た。

返事を入力するのも電話をするのも気が乗らなくて、四日ほど放置している。

その間にあっちから新たなメールが来るわけでもなく、電話が来るわけでもない。

完全にどうしたらいいかわからない腫れ物扱いだ。

父の再婚後、なかなか義理の家族に心を開けない私に、父はとても慎重に接するようになった。今になってもいちいち私の顔色を窺う父が、嫌いだ。

麻美ちゃんはコーヒーを飲んでひと息つく。

「あなたたち親子のことはあなたたちに任せる。ところで、グアム行かない？」

「ものすごく唐突だね」

「こんな話を聞いたの。ある末期がん患者が、最後の思い出にってハワイ旅行して思い切り楽しんだら、めちゃくちゃ元気になっちゃって。病院で調べたら、なんとがん細胞がきれいサッパリなくなってたんだって。すごくない？」

お父さんに返事をしてあげなよ、とか余計なことは言わない。そんな麻美ちゃんは昔から賢い。

治療をしても、五年後生存率は十パーセント以下。余命五年と言われたも同然だ。三十で死ぬのなら、老後の蓄えを残すことも、結婚することも考えなくていい。五年生き延びるだけのお金を稼ぐため、仕事をほどほどにやりつつ、自分が楽しいことをしないと損だ。

先が見えない将来のために嫌なことをやらなくていい。

そう考えると、少し楽になった。その一方で、この国は若者が楽しい老後を思い描けない国になっているのだなあ、と切なくなったりもした。それはさておき。

ハワイ旅行でがん細胞がなくなった話は……どうなんだろ。眉唾ものだなあ。

真偽のほどは置いておいて、麻美ちゃんが私を励まそうとしてくれているのはわかった。

「それにしても、どうしてグアム？」

「ハワイやヨーロッパより近くて、安いから。あと、治安の問題」

なるほど。麻美ちゃんは先のある人だもんね。若いうちの貯金や、安全も大事。有休も使い切ってはいけない。

「行こうかなあ……」

私は日本の外に出たことがない。死ぬ前に一度くらい、海外の空気を吸っておくのもいいかも。

幸い、ステージ三のがんのわりには、私の体調は以前と変わりない。

ぽつりと零すと、麻美ちゃんが食いついてきた。

「よし、行くよ！　水着も用意しなきゃね！」

こうして私たちは、夏季休暇と有休を使ってグアムに行くことにした。

結婚式や新婚旅行をするでもないのに一週間も休むなんて、とお局様に文句を言われたけど、華麗にスルー。

就職難と言われた年にやっと内定をもらった会社から弾かれるのが怖くて、今までは周りの顔色を窺ってばかりいた。お局様の機嫌を損ねないように必死だった。

でももう、そんな必要もないんだ。

九割以上の確率で、五年後には私はこの世にいないんだもの。

私は麻美ちゃんとパスポートを作り、旅行代理店に赴き、グアム旅行への準備を粛々と行った。


がん告知から一か月後。

そういえば病院の予約があったのをすっかり忘れていた。

「まあいっか」

あのときは動揺していたけど、よく考えたらあのお医者さんに私の最後をゆだねるのは嫌だ。

また病院の医療相談室にでも電話するとして、今はグアムにまっしぐら。

……と思ったら。

「どうしてこんなことに……」

私はひとりきりで、飛行機に乗っていた。

なんと麻美ちゃんにどうしても外せない急な仕事ができてしまったのだ。

麻美ちゃんは出版社でファッション雑誌編集の仕事をしている。

仕事が終わり次第向かってくれる予定だけど、今現在、私はひとりだ。心細すぎる。

初めてなのに、よく間違えずにちゃんと飛行機に乗れたものよなあ……と自分に感心しながら、機内モニターで映画を見ていた。

「すみません。俺が予約を間違えたばかりに」

通路を挟んで隣の座席を見ると、男性ふたりが座っていた。

「ファーストとエコノミーの英語の意味がわからなかったんだろ。仕方ねえな」

低く落ち着いた声音で言ったのは、大柄な男性だった。

大柄と言っても横に広いわけではなく、縦に長い。足が長すぎて、エコノミーでは窮屈そうだ。

目が合いそうになり、慌てて逸らした。その後も横目で盗み見る。

横顔なので、鼻が高いのがよくわかる。シャープな顎、きりりと上がった目じり。多分正面から見てもイケメンさんなんだろうな。

黒いTシャツの上に薄いカーディガンを合わせている。長い脚にはデニム。

「エコノミーのほうが地球に優しそうだと思い……」

言い訳をする男性は、顔は若いのにパンチパーマで、派手な柄シャツを着ている。

小さな背を丸めてシュンとする姿は、いかにも子分っぽい。

「そりゃエコロジーだろ。お前はもう少し勉強しろ」

「へい」

「エコノミーもファーストも着く時間は変わらねえ。寝てれば一緒だ」

男性はパンチさんを恫喝するようなことはなく、腕を組んで目を閉じてしまった。

パンチさんはホッとしたようで、深く椅子に腰かけ、息を吐く。

上司と部下……なのかな？　不思議な男性ふたり連れ。

ん？　ちょっと待ってよ。

よく見たら、彼らの後ろにサングラスをかけたスーツ姿の男性が数名並んで座っている。

まるで極道の一家みたい。なんてね。

見た目は怖そうな人たちだけど周りを威圧することもなく、普通のお客さんと同じように、静かに過ごしていた。いったい何者なんだろう。

成田《なりた》からグアムまでは飛行機で四時間弱。

早朝に出発した私は、お昼前にグアムに到着した。

ホテルの送迎バスに乗り、無事予約した部屋に案内されると、やっと安心できた。

そういえばあのイケメンさん、同じバスじゃなかったな。

飛行機を降りてからは間違えずにホテルに着くことに必死で、周りを見ている余裕もなかった。

ホテルの窓から外をのぞくと、真っ青な海と白い砂浜が眼下に広がっている。

「おお～」

思わず感嘆が漏れる。絵画のような澄んだ景色に、それまでの不安が和らいだ。

周辺にも背の高いホテルがたくさんある。さすが人気の観光地。

雨季だとスコールが降ったりするって、旅行代理店の人が教えてくれたっけ。

そう思えば日本よりも湿度が高い気がするけど、不快と言うほどでもない。

「いい感じ。海の色が日本と全然違うよ……と」

グアムの空気を思い切り吸い込む。

ゴミゴミして狭苦しいアパート周辺とは全然違い、開放感という言葉の意味を実感したような気がした。

ここでは仕事もしなくていい。病気のことも忘れよう。

私はスマホで海の写真を撮り、メッセージアプリで麻美ちゃんに「無事着きました」とひとこと添えて送信した。そのうち既読マークがつくだろう。

スーツケースの中を開け、貴重品を金庫にしまった。その後も荷物整理をしたけど、すぐに落ち着いて、やることがなくなった。

「せっかく来たんだから、散策してこよう」

私は重たい冬服を脱いで夏服に着替え、小さな肩掛けバッグを持った。

服はシンプルなワンピース。足元はサンダル。

「あんまり気合を入れた服装をしていると、観光客を狙った犯罪に巻き込まれやすい」という麻美ちゃんのアドバイスを素直に受け入れた格好だ。

部屋を出てレストランや屋内プールがあるフロアまで降りると、たくさんの日本人が、私と同じく気の抜けた格好をしていた。

Tシャツ短パンのお腹が出ているおじさんの多いこと。

私はすぐに、なんの飾りもない部屋着みたいなワンピースで歩くことに抵抗がなくなった。

ぺたんこサンダルでホテルを出る。

機内食を完食したというのに、もうお腹の虫が鳴った。

「ほんと、どこが悪いんだか……」

お腹が空くってことは、健康な証拠に思える。

これほどなんの症状も出ないなんて、膵臓がんって怖いなあ。

ずうんと心が沈みそうになる。下を向くと、おへその辺りからもう一度、情けない音が鳴った。

うん、考え込むより空腹を満たすのが先だね。

どうせなら今のうちにおいしいものをうんと食べておこう。

私は手のひらサイズのガイドブックを見て、人気のハンバーガー店に足を向けた。


翌日。

目を覚ましてスマホを見ると、麻美ちゃんから「まだ仕事が終わらない」という連絡が来ていてへこんだ。

海外でひとりきりなのはさすがに心細い。って言うかつまらない。

昨日半日は海外に来たというだけで妙にテンションが上がり、なんとなく乗り越えてしまった。

だけど元来、私はひとりが好きなわけではない。

小さい頃から、リーダー格の友達のあとをついて回るタイプだった。

どこへでも引っ張ってくれていた友達がある日、苛立った顔で「志麻ちゃんって金魚のフンみたいね」と吐き捨てた。

私はショックで、その日一日なにも言えなくなってしまった。

友達はネチネチしたタイプではなく、次の日から普通に接してくれて助かったんだけど。

一日反省した私は、ひとりでもちゃんと行動できる人間になりたいと思っただけで終わり、結局、いつも誰かと一緒に行動していた。

私は協調性があるんだな、みんながリーダーでは困るものな、といつの間にか納得していた。

母が亡くなって、強くなろうと決めてからも、ひとりで食事に出かけたりはしなかった。映画はひとりでいいけど、人が集まるところには誰かと一緒に行きたい。

それはさておき、今日はどうしよう。

ぺらっと印刷してきた旅程を広げる。

「海……かあ」

海の中を観察するなどして遊んだあと、ボートに乗ってイルカを見るというアクティビティをふたり分予約しておいたのだけど。

「仕方ない。ひとりで行こう！」

グアムではどこを見ても日本人がいる。困ったら優しそうな人を見つけて話しかけてみよう。

なんとかなるさ。ここまで来たなら楽しまなきゃ損。

とはいえ、バナナボートまで予約しなくてよかった。

ひとりであれに乗ってキャーキャー言っても、そのあとが虚しいものね……。

すぐに替えられるよう、服の下に水着を着て出かけることにした。


トルマリンを溶かしたような水がどこまでも続く海。

透き通り方が日本とは全然違う。

私はゴーグルをして、腰まで浸かる浅瀬で水の中をのぞく。

色鮮やかな小魚がスイスイと泳いでいくのを見るだけで、テンションが上がった。

「うひゃ～きれ～かわいい～」

水着に覆われていない脇腹を、魚の尾びれがかすする。

優しい刺激がくすぐったくて笑いが零れた。

意外にひとりでも楽しめるじゃない。自然の美しさはただそこにあるだけで、孤独な私の心を癒やしてくれる。

「きゃ～マー君、かわいい魚がいっぱいいる～！　一匹捕って持ち帰りたあい」

「あははユミちゃん、さすがにそれはダメだよぉ」

はしゃぐカップルがすぐそこで微笑ましいやりとりを繰り広げている。

ハッと視線を上げると、そこかしこにカップルや家族連れがゴロゴロしていた。

まあ、そりゃあね。日本人に人気の観光地だもの。新婚旅行先に選ぶ人も多いし。

「なんであのお姉ちゃんひとりなのー？　お友達いないのー？」

「こらっ、指さしちゃいけません！」

高い女児の声が、やけに重く胸に響いた。

明らかにこっちを指さしていたな。たしかに、ひとりなのは私だけ。

「……行くかー」

興が削がれてしまったので、借りたゴーグルを返却しようと海から上がった。

更衣室、トイレ、売店などを兼ねた建物に向かってぺたぺた歩いていたとき。

「ヘイ！」

親しげに肩を叩かれ、びっくりして振り向いた。

そこには、体格のいい外国人の男性がふたり。

ふたりとも日焼けしていて、筋骨隆々だ。サングラスをしていて、ちょっといかつい雰囲気を放っている。

あ、もしかして呼び込みかな？　バナナボート空きがあるけど乗らない？　みたいな。

注意して聞いていると、かろうじて営業ではないことだけはわかった。キュートとかビュリホージャパニーズガールとか、よくわからないけど褒められているみたい。

へへっと愛想笑いしたら、外国人さんたちも笑顔になった。するといきなり肩を抱かれ、歩き出される。

「えっ？　あのっ」

「レッツゴー」

「待って、どこに行くんですか？」

日本語が通じないらしく、彼らは私を包囲するようにして、目指していた建物とは逆の方向に連れていこうとしているように思える。

日本人の姿が視界から消えると、途端に不安になった。

「そっちには行きたくない」と伝えようとするのだけど、焦れば焦るほど言葉が出てこない。

こんなことなら、英語を真面目に勉強しておくんだった。

「ど、どど、どんたっちみー！」

かろうじてひねり出した英語と共に、肩を抱く男の腕から逃れようとした。

しかし彼らは、早口の英語でなにかを言ったかと思うと、より強く体を引き寄せてきた。

知らない外国人さんに密着してしまい、ぞっとしたとき。

「おい」

海のほうから、日本語が聞こえた。

「その子を放せ」

砂を踏む音がする。

大きな体の隙間から見えたのは、背の高い男性の体だった。

ほどよく割れた腹筋の上には、厚い胸筋。

目線を上げていくと、ぎくりとした。

彼の肩から二の腕にかけて、鮮やかな桜の花が咲いている。

タトゥーと言うには範囲が広すぎる和風の桜。

これって、刺青……？

外国人さんたちが、英語で彼になにかを言う。

意味はわからなかったけど、口調や言葉の響きで、怒っているのだろうということはわかった。

全身から血の気が引いていく。膝が震えて、胸が痛い。

外国人さんたちが動いて、不意に視界が開けた。

「あっ」

それ以上、声は出なかった。

驚いた私の前にいたのは、飛行機で見かけたイケメンさんだった。

彼の肩や二の腕にあるのは、まぎれもない刺青。

ぎらりと光る刃物の切っ先のような眼光ににらまれ、外国人さんたちは怯んだように私から手を離して去っていく。

「若頭～。なにしてるんですか？」

バシャバシャと派手な水音をさせ、海からパンチパーマの若者が上がってきた。この人も飛行機で見た人だ。

「若頭さ～ん。こっちに来て～」

黄色い声が聞こえたのでそちらを見ると、海の中に数人の水着美女がいた。

みんな日本人っぽい。布地の少ない水着から、刺青が見えている。

もしや、この人たち極道一家？

さらに血の気が引いていき、倒れそうになった私に低い声が降ってきた。

「連れは？」

「あ、ええと、ひとりです。友達はあとから来る予定で」

なんとか気を失わずに答えると、刺青の彼はふうとため息を吐いた。

「いくらメジャーな観光地で周りに日本人が多くても、ひとりで行動するのはどうかと思う」

彼は顔だけ見るととても整っている。髪も黒くて普通のツーブロック。

なのにこんなに立派な刺青がある。

こういう種類の人にお説教される日が来るとは……。

「ごもっともです」

反論したら怖そうだし、私も油断していたところがあるので、素直にうなずいた。

「友達とやらはいつ来るんだ？」

「さあ……今日は無理かも？」

「どういうことだ」

私は麻美ちゃんが仕事で遅れていることを説明した。

それを聞いている途中から、彼の顔がどんどん険しくなってくる。

「次の予定は？」

「い、イルカウォッチングです……」

腕組みをして尋ねられた私は、震えながら答えた。なんだか、怖い部活の顧問に怒られているような気分だ。

「そうか。少し待っていろ。おい山下《やました》、彼女を見てろ」

「ええ？　若頭？」

彼はそう言うと、くるりと踵を返す。

広い背中に、目が奪われた。

夜空に咲き乱れる、満開の桜。

彼の刺青は、背中いっぱいに広がっていた。

ダメだ。帰ろう。絶対に怖い人だ。反社会的な人だ。

頭ではそう思うのに、体が動かない。目が咲き誇る桜を追ってしまう。

彼は浜辺でパラソルを立てたグループに近づいていった。

パラソルの下では、帽子をかぶったおじいさんがビーチチェアで寛いでいる。その周りを屈強な男性やナイスバディなお姉さんたちが囲んでいた。

桜の彼がおじいさんに体を折り曲げるようにして頭を下げ、なにかを話している。おじいさんが大きなサングラスをずらしてこちらを見た。なにか言ったほうがいいのかな。

オロオロしていると、おじいさんはニッと笑い、桜の彼に向かってうなずいた。

桜の彼は一礼して、こちらに戻ってくる。

「若頭、なんの話をしてきたんです？」

山下と呼ばれたパンチパーマの若者が長身の彼を見上げる。

「ちょっと席外すってな。好きにしろとさ」

「好きにって……若頭、どこへ行くおつもりで？」

目をぱちくりさせる山下さんは、私と同じくらいの歳だろうか。

桜の彼は私の手を取り、山下さんに見せつけた。

「この犯罪者ホイホイを送ってくる」

「へ……⁉」

犯罪者ホイホイって、私？

無言で顔を上げると、桜の彼が私を見下ろした。

「ひとり旅の若い日本人、しかもおとなしそう。このままだとまたどっかの男につかまってヤられるぞ」

あまりにあけすけな言い方に、引いていた血が頬に戻ってきた。

「ヤ、ヤ……」

「英語もわからないんだろ。さ、行くぞ」

手を繋がれ、私は桜の彼に引きずられるようにしてイルカウォッチングの受付へ向かった。

山下さんが、戸惑う私とスタスタ歩く桜の彼を、ぽかんと口を開けて見ていた。

桜の彼は私をロッカールームまで送ってくれた。

ラッシュガードを着て戻ると、彼もパーカーを羽織って立っていた。下はハーフパンツ型の水着だ。

「助けてくださり、ありがとうございました」

刺青が見えなければ、彼は普通の……いや、普通より顔が整っている長身のお兄さんだ。

陸上競技をやっていた人のように、ふくらはぎの筋肉が盛り上がっている。

「じいさんの目に見苦しいものを入れたくなかっただけだ。気にするな」

桜の彼はサングラスを取り出してつけた。それだけで、ヤクザ感がマシマシだ。

「そうですか。それではこれで……」

「待て」

静かに立ち去ろうとすると、腕を掴まれた。

ひいい。どうしよう。外国人さん撃退料としてお金取られるのかも。

口からあわあわと情けない音しか出せない私に、彼はため息を吐きかけた。

「イルカ見るんだろ。一緒に行ってやるよ」

「へいっ?」

「さすがに学生ひとりじゃ危ないからな」

学生って……。

「私、二十五歳なんですけど」

「は?」

彼は今つけたばかりのサングラスを外し、私の顔をまじまじと見て、咳払いした。

「化粧をしてないせいだな。失礼した」

「いえ……」

すっぴんが子供っぽいのは、自分でもわかっているのでそれほど傷つかない。

そうか、さすがに怖いお兄さんでも、子供には優しいのね。

「だが、年齢を聞かなければ高校生、外国人から見たら中学生くらいに見えるかもしれない。危険には違いない」

「えええ」

彼は眉間に皺を寄せていた。

外国人さんたちが私のことをジャパニーズガールって言ってたけど、そんなに子供に見えたのかな。

「イルカの予約は二名分か」

「あ、はい」

防水ポーチから出した予約票には大人二名と書かれている。

「よし行くぞ」

彼は予約票をひょいとつまんで取り上げた。サングラスをかけ直し、のしのしと前を歩いていく。

「ほ、本当に一緒に行くんですか?」

「ひとりだと、イルカを見る前にドラム缶に入れられて海に流されるぞ」

振り返ってサングラスを少しずらし、隙間から私をのぞく目が鋭すぎて笑えない。

ヤクザギャグなのかなんなのか知らないけど、怖いからやめてほしい。

「お時間は大丈夫なんですか？　おじいさんが待っていらっしゃるのでは」

「いいんだよ。他にも若い衆が控えているし。許可も取った」

ボートの受付で予約票を出すと、スタッフのお姉さんはろくに確かめもせずに私たちを通した。

ボートに乗り込むとき、足元がゆらゆら揺れる。彼は大きな手をさっと出し、私は咄嗟にそれを握った。

「わあっ」

気をつけていたのに足を滑らせ、私は彼の胸板に飛び込んでしまった。

彼は余裕で私を受け止め、すぐに離した。

は、初めて男の人と密着しちゃった。

しかも彼は自然に手を繋いでボートの奥に私を案内する。

まるで恋人みたい。

緊張して手が汗ばむ。胸の鼓動が抑えられない。

「俺は城田《しろた》。君は？」

「私？　私は広瀬志麻です」

急に聞かれて反社的、いや反射的に名乗ってしまい、ハッと口を押さえた。

怖いお兄さんに本名とか知られないほうがよかったのでは……。

終始ビクビクオドオドしている私に、城田さんはまたため息を吐いて見せた。

「堅気に乱暴したりしねえよ。もっとリラックスしろ、な」

「は、はいい」

「君は俺の妹と似ているから、放っておけないんだ」

「妹さん？」

見上げると、城田さんは照れくさそうに顔を背けた。

そうかあ。怖いお兄さんでも妹さんは大事なのね。

ホッとすると、全身の筋肉から力が抜けて楽になった。

「志麻って、渋い名前だな」

「よく言われます。城田さんは」

「下の名前は賢人《けんと》」

「今風ですね」

フロントデッキで風を受け、彼のパーカーがはためく。

後方からはバナナボートを楽しむ人たちの歓声が聞こえてきた。

「年末年始でもないのに、女性ふたりでグアムの予定だったのか。もしや、働いてないセレブか？」

「いいえ、普通の会社員ですけど、有休取っちゃいました」

まさか「あと数年で死にそうなので、元気なうちに遊ぼうと思って来ました」とは言えない。

「ふうん。いい会社だな」

「城田さんは？」

「じいさんの付き添いだ」

じいさんって……さっき怖い人に囲まれていたおじいさんだよね。あの人何者なんだろう。

首を傾げる私に、城田さんは説明する。

「あのじいさんはああ見えて、鵬翔会《ほうしょうかい》組長の父親だよ。一般人なんだ」

鵬翔会組長。やっぱりそういう団体の人か。

城田さんは若頭と呼ばれていたけど、専門用語すぎてどれくらい偉いのかわからない。あとで調べてみよう。

「世襲制じゃないんですね」

「組によっていろいろだけどな。現役組長は前科があるから、渡航は厳しい」

さらっと怖いことを言う城田さん。

そうなのね、入国のときに前科を見られる国もあるのか。

「目立つから別の飛行機で来た。さっきいたのは、前科のないやつらと、逮捕状が出てないやつらだな」

「ほ、ほお～……」

逮捕状が出てないって、悪いことしてるけどバレてないだけってこと？

こめかみから冷や汗が流れ落ちた。やっぱり住む世界が違うや。

海を見ていると、現地人スタッフがなにか案内し始めた。

「もうすぐイルカが見えるそうだ」

英語がわかるらしい城田さんが教えてくれた。

ボートのへりからのぞくと、水面に黒い影がチラついた。

「いた！」

水面に三体のイルカがそろって現れた。

背びれが見えたと思ったら、三体同時に青い水面から飛び出す。

「わあ」

ボート全体から歓声が上がった。

三体が水から出たり入ったりを繰り返すのを見ていると、反対側で大歓声が聞こえた。

そちらに行ってみると、ちょうどイルカが飛沫を上げてスピンをしているところだった。

「すごい！　スケート選手みたい！」

イルカは海に潜り、また飛び出たかと思うと体を縦にしてくるっと回った。

「なんだありゃ。誰かに操られてんのか？」

城田さんも興味津々といった感じで、ボートから身を乗り出す。

サングラスをずらして目を凝らす姿が、なんだかかわいかった。

「餌をあげてるんですかね？」

イルカなんて水族館でも見れるじゃん。と正直思っていたけど、野生のイルカを間近で見るのはやっぱり違う。

夢中で観察していたら、あっという間にクルーズ終了の時間になっていた。

イルカの姿が見えなくなると、途端に寂しくなる。

後方デッキでボートが吐き出す白い泡をぼんやり見ていた。

「城田さん、ありがとうございました。イルカ見られてよかったです」

彼のおかげで、楽しい思い出が増えた。感動を分かち合える人が近くにいるって、うれしいものなんだ。

二十五年生きてきて、そんな自分に気づく。

ひとりのほうが楽だと思って、父から離れて暮らしていたけど、本当は一緒にいてくれる誰かを求めていたのかもしれない。

お礼を言うと、城田さんは薄く微笑む。

「いや、こちらこそ。正直、じいさんの護衛は退屈で仕方なかったんだ。いい気分転換ができた」

退屈って。おじいさんに聞かれたら、城田さんが海に沈められちゃうんじゃ。

おじいさんの仲間が近くにいないか、必死にキョロキョロしてしまう。

「このあとの予定は？　夕食はどうするんだ」

「あー……一旦ホテルに戻って決めます」

レストランを予約している日もあるけど、今日はそうではない。

ショッピングモールのフードコートにでも行こうかな。売店でなにか買ってもいいかも。

このボートを降りたら、城田さんとはお別れ。麻美ちゃんが来るまで、私はまたひとりぼっち。

このあとのことをぼんやり考えていると、ボートが停泊場に着いた。

小さい子供を抱えた家族連れがよちよちと出ていくのを待って、私と城田さんもゆっくり地上に降りた。

「本当にありがとうございました」

ぺこりと頭を下げて上げると、城田さんがサングラスを外してこちらを見た。

「なあ、このあと暇なんだよな？」

「え？　ええ……」

「夜、迎えに行く。連絡先教えて」

迎えに？

どうして彼が私を迎えに来るのかわからず、答えが遅れた。

「飯一緒に食おう。今夜は俺もフリーにしてもらってるから」

城田さんの強い目線に射貫かれ、不覚にもどきりと胸が弾んだ。

「スマホ出して」

「は、はいっ」

私たちはメッセージアプリで連絡先を交換した。

城田さんのアイコンは黒い背景に浮かぶ桜のイラストが使われている。

「あー若頭、やっと戻ってきた！」

返事をする前に、パンチパーマの山下さんがどこからか駆け寄ってきた。

彼はアロハシャツとハーフパンツを着ている。おじいさんやお姉さんたちは先に帰ったのか、他には誰もいなかった。

「おう山下。ちょうどよかった。俺の荷物は」

「へい、ここに」

山下さんは片手に提げていた黒いバッグを差し出す。

それを受け取った城田さんは中から名刺ケースを取り出した。

一枚抜き取られた名刺を受け取って見ると、城田賢人という名前の下に携帯番号が載っている。

「しっ、しーいーおー⁉」

名刺に印刷された彼の肩書きは有名建設企業のCEO。この企業って、鵬翔会が裏についていたのか……！

「まあな。山下、タクシーつかまえろ。彼女をホテルまで送っていく」

若頭であり、CEOだなんて。

あ、あれか、インテリヤクザってやつかな。取り立てとかじゃなく、フロント企業で仕事をしているヤクザさんなのか。

「ああ、この子犯罪者ホイホイちゃんですもんね。わかりやした」

「いえ、そんな」

そこまでしてもらわなくても大丈夫。と言いたかったのに、山下さんはテッテケとビーチサンダルを履いた軽い足取りで行ってしまった。

送ってくれるってことは、教えなくてもホテルの場所がバレてしまう。

どうしよう。城田さんは怖いお兄さんだけど、そこまで悪い人じゃない気がするから大丈夫かな。

私を助けたのも誘ったのも、妹さんに似ているからだろう。放っておけないんだ。

「さ、着替えてこい。できたらここに集合な」

城田さんは友達にするように、軽い口調でそう言う。

私はイルカを見ていた城田さんの無邪気な顔を思い出す。

「……はい」

いくら根っからの悪人でなくても、こういう人と関わらないほうがいい。

わかっているのに、それでも、私はこの人のことをもう少し知りたい。

ちょっと迷ったけど、結局は首を縦に振った。


ホテルに帰ってスマホを見ると、麻美ちゃんから「明日の昼にはそっちに着けそう」というメッセージが入っていてホッとした。

今日が二日目、明日は三日目。

滞在時間の半分以上麻美ちゃんと一緒だと思うと、心から安堵した。

やっぱり、さすがの私もちょっと緊張していたみたい。

気持ちが軽くなり、少し昼寝をしたあと、夕方に起きた。

スマホで「若頭」という言葉を調べる。

若頭とは、組長に次ぐ地位の人で、次期組長の有力候補であることが多いらしい。

「わあ……」

言葉の威圧感に、スマホを持ったままのけぞってしまった。

「どうしよ」

でも今さら断るのも怖いし。

逆上しそうには見えなかったけど、わからないものね。

シャワーを浴び、メイクをして服を着替え、ホテルのロータリー前に出る。

胸がざわざわして、落ち着かない。なんならちょっと行きたくなくなってきた。

彼が怖いお兄さんだからというのもあるだろう。

それより、知り合ったばかりの人とふたりきりで食事をするということに対する緊張が勝っているような気がした。

ふたりで食事に行った異性といえば、同期の川口君くらいだ。

川口君はモテているのに、なぜか私を食事に誘ってくれたりした。

多分、あんまり人付き合いをしていなさそうな私を心配してくれたのだと思う。

城田さんも川口君と変わらない軽い気持ちで誘ったんだろう。だけど、なんとなく私の中では、城田さんと川口君は違っている。

私のほうが城田さんを異性として意識しているのかも。

とすると、これからのディナーが私の初デートかもしれない。あくまで私の気分的にだけど、デートと呼ばせてもらおう。

学生時代は父が再婚したり、義家族と暮らすストレスが溜まったりで、恋愛どころではなかった。

なのに、まさか初めてのデートがヤクザだなんてね。

心を落ち着かせるために深呼吸を繰り返していると、目の前に黒いワンボックスカーが停まった。

フロントデザインがいかついそれのスライドドアが開き、ジャケットを着た城田さんが軽やかに降りて近づいてくる。

さっきのパーカー姿とはまったく違う彼の姿に胸が高鳴った。

「お待たせ。行こう」

城田さんはサングラスもしておらず、刺青も見えない。

ジャケットの下はシンプルなシャツとパンツで、靴はぴかぴかの革靴だった。

大きく開いている首元には細いチェーンのネックレス、袖からごつい高級腕時計がのぞく。

少し圧が強い見た目だけど、筋肉質の彼にはよく似合っている。

顔がきれいで背が高いと、どんな服も着こなせてしまうのね。

海外セレブみたいな出で立ちに、周りの観光客がチラチラとこちらを横目で見ているのがわかる。

「はい」

私は差し出された彼の手を取り、車に乗り込んだ。

緊張はしばらく、落ち着きそうになかった。

車はすぐに目的地へ着いた。乗っていたのはほんの十分ほどだったと思う。

別のホテルのロータリーに車をつけ、私と城田さんを降ろし、山下さんはどこかへ行ってしまった。

ふたりきりにされ、緊張が高まる。

目の前にそびえたつホテルは、この辺りで一番グレードが高いと思われる。

麻美ちゃんと一緒に見た旅行代理店のパンフレットの一番上に載っていた。

誰でも聞き覚えのある有名ホテルだ。

「そろそろ中に入ろうと思うんだが」

「はっ、はいっ」

ぽかーんと口を開けて有名ホテルを見上げてしまっていた。

口を閉じ、ギクシャクと歩く。

広々としたロビーにはシャンデリアから跳ね返った光が眩しいくらいに溢れかえっている。

「あの、山下さんは？」

ふたりきりだと緊張が解けない。和ませ役の山下さんが欲しい。

山下さんは車の中でも、軽い話題を軽い口調で振ってくれて、とても助かったのに。

「部屋に戻った」

「部屋？　もしかしてここ、城田さんたちが泊まっているホテルですか？」

「そう。邪魔だから戻っておくように言ったんだ。それとも俺だけじゃ不満？」

口の片端を上げてこちらを見る城田さんに、不覚にもドキッとしてしまった。

「いっいいえ、そんなことは」

フルフルと首を横に振る。

ところでこのホテルのレストランて、やっぱり格調高いのかな。

一応着替えたと言っても、所詮はカジュアル。城田さんともこのホテルとも不似合いな気がする。

城田さんとふたりきりだという緊張をごまかすため、これから行くお店を想像することにした。

エレベーターに乗り、彼に案内されるままについていく。

「まずはここだ」

まずは？

私は周囲をキョロキョロと見回す。

目の前には洒落たガラスのドアがあるけど、なんの匂いも漂ってこない。

店名らしきシルバーのプレートには、英語じゃなさそうな筆記体の文字。うーん読めない。

レストランではない気がするんだけど……。

戸惑っていると、ガラスドアの中からきれいなお姉さんが現れた。

髪をぴっちりまとめ、すっきりしたアンサンブルとタイトスカートを穿いている。

「お待ちしておりました。城田様ですね」

「ああ。よろしく頼む」

「かしこまりました」

お姉さんは城田さんに頭を下げる。見惚れるくらいきれいなお辞儀だった。

ん？　でもよろしく頼むって？

どういうことかと尋ねようとした瞬間、お姉さんに優しく背中を押された。

「こちらへどうぞ」

私だけがドアの奥に案内される。

振り返って見た城田さんは、笑顔で手を振っていた。

一時間後。

謎のガラスドアから出た私は、城田さんに笑顔で迎えられた。

「化けたな、すっぴん高校生」

妖怪みたいなあだ名つけないでほしい。

すっぴんだと高校生みたいな私は、お姉さんのゴッドハンドにより、変身させられた。

髪をセットしてもらい、用意されたカクテルドレスに着替え、ハイヒールを履かせられ……流されていたら、いつもとは別人の私が鏡の中に立っていた。

カクテルドレスは落ち着いた紺色。襟が少し大きく開いているけど、スカート丈はひざ下で安心。

地味で平凡なOLだった私が、まるでセレブのお嬢さんのように見える。

シンデレラって、こういう気持ちだったのかな。歓喜よりも戸惑いが大きい。

「プロの技ってすごいですね。こんなふうにしていただいて、なんてお礼を言えばいいか」

と言いながら、美容代ぼったくられたらどうしようとハラハラしていると、城田さんが照れくさそうに頬を緩める。

「礼なんていらない。素材がいいから、着飾ったらどうなるか見たくなったんだ」

「え……」

「すっぴんでもかわいいけど、メイクしたあともいいな」

ちょっと待って。

そんな顔でかわいいなんて言うの、反則でしょう。

こっちまで照れくさくなって、うつむいてしまう。

「お、赤くなった」

指摘されて、ますます頬に血が集まる。

「はは。そろそろ行くか。腹減っただろ」

城田さんは短く笑うと、私の手を自然に握る。まるで幼い妹の手を引く兄のような自然さだった。

誰かと手を繋ぐことに慣れていない私だけが焦っている。

非日常に巻き込まれて心拍数が上がりっぱなしの私は、ますます心拍数が上がりそうなレストランに連れていかれた。

ちゃんと予約してあったらしく、有名ホテルのフレンチレストランはスムーズに私たちを窓際の席に案内してくれた。

控えめな照明の下に、欧風チックなテーブルが置かれている。

家族連れはほぼおらず、大人の落ち着いた雰囲気が漂っていた。

「グアムって、焼いた肉ばかりで飽きるだろ」

そうほくそ笑む城田さんと私の間に、コース料理が運ばれてくる。

色鮮やかなオードブルに、目が奪われた。

「きれいですね！」

たった二日いただけでも、日本のお出汁の香りが恋しくなってきたところだ。

街には中華もイタリアンもあるけど、ひとりだとどうしてもハンバーガーなどの簡単な茶色い食べ物を選びがちだったので、まず目が喜ぶ。

ハンバーガーもおいしかったけど、繊細な造りと味の料理は私の五感に新たな喜びを訴えてくる。

「うれしそうに食べるなあ」

食前酒が入ったグラスを傾け、城田さんが目を細める。

「どれもおいしいです！」

「そりゃあよかった」

彼は意外に食べ方がきれいで、思わずじっと見つめてしまった。

申し訳ないけど、ヤクザさんたちって、どうしても粗野なイメージがある。

しかし城田さんはどうやらフロント企業役員らしいし、こうしてジャケットを着ていると優雅さすら感じられる。

「で、こんな中途半端な時期に有休が取れるなんて、君の会社はどういうところなんだ？」

メインの肉料理が運ばれてきたとき、城田さんが聞いてきた。

「普通のエクステリア……えっと、窓枠とかドアとかカーポートとか、家回り全般のものを扱う企業です。あ、友達は雑誌の編集者で」

「友達のことはいい。君のことが知りたいんだ」

ドキッとして、フォークを落としそうになってしまった。

城田さんの発言は、いちいち私の心を刺激する。

「ええと……会社では営業事務をしておりまして」

彼がCEOを務める企業は建設業。もしかしたらお世話になっているかも。

名刺を出そうと思ったけど今は持っていないので、素直に企業名を教えた。

「ああ、あそこか。そんなに自由な会社だったとは」

「いいえ、本当に普通の会社です。今回は私が無理を押し通してしまって」

大型連休でも結婚して新婚旅行に行くわけでもない私がいきなり有休をまとめて取ると言い出したので、課長は渋い顔をしていた。

なんやかんや言われたけど、有休を使うのは会社員の権利だと言って押し切った。

だって、いつ調子が悪くなるかわからないもの。元気なうちに旅行を楽しみたかった。

今後仕事をしづらくなるとか、周りの目が厳しくなるとか、川口君がいろいろ助言してくれたけど、それも意味はない。

定年まで勤めることは、私にはできないのだから。

「どうした」

表情が暗くなっていたのか、城田さんの顔に微かに心配の色が浮かんだ。

いいじゃないの。彼は今夜限りの人。今後会うことはない。

私はグラスに入っていたワインを一気飲みした。

「聞いてもらえますか」

音を立ててグラスを置くと、びっくりしたような顔の城田さんが「おう」とうなずく。

「私、実は病気で」

「病気？　なんの？」

「膵臓がんです。余命五年です」

城田さんは切れ長の目をまん丸くし、私を見つめた。言葉を失っているのだろう。

「正しくは、五年後生存率が恐ろしく低い病気で」

「ちょっと待て。どう見ても病人には見えないが？」

「私だってそう思ってます！」

つい力んでしまい、大声を上げてしまった。

金髪碧眼のウエイターが、無言で抗議の視線を向けてくる。

「どうして私なのか。別に調子が悪いところなんて全然ないのに、健診で引っかかっちゃって」

話していたら、涙で目の前のごちそうがぼやけた。

本当は、誰かにこうして話したかった。

病気になっちゃって、自分の体が今後どうなっていくのか、治療をするのか、しなければどうなるのか、考えるだけで正気を失ってしまいそうで。

それにこんな話聞かされたって、みんな困るだけだろう。

そう思うと、麻美ちゃんにも正直な気持ちを打ち明けることはできなかった。

彼女に重い荷物を背負わせたくはない。

会社にいる間も、運命を受け入れた淡々とした人間を演じてきた。

お母さんが生きていてくれれば、私は一番に彼女に報告し、その胸を借りて泣いただろう。だけど母はすでに鬼籍の人なので、それは叶わない。

私は勢いのまま、城田さんに病気と診断されてからのことをぶちまけた。

父が再婚して、身寄りがないも同然の立場だということも。

「そうか。じゃあこれは最後の海外旅行ってことか」

「最初で最後の、です」

「だから無理して有休を取ったんだな」

ぼやけた城田さんの声は落ち着いていた。

私は涙を拭い、彼の整った顔を見つめる。

からかったり、疑ったりしているような表情には見えない。

私自身も信じられない病気の話を、信じてくれたようだ。

城田さんもひと口ワインをあおった。

「イルカを見たあと、すごく寂しそうな影のある顔をしていたから、ワケアリなのかと思っていたら……そんな理由だったとは」

「寂しそうな……」

本当に彼が言うような顔をしていたのかは、自分ではわからない。

イルカが見えなくなって寂しかったのか、他のなにを考えていたか……まったく無意識だったのか。

「びっくりした。失恋とか、もっとありきたりな理由を想像していた」

「す、すみません。いきなりこんな話」

飲み慣れないお酒を飲んだせいか、心臓がバクバクしている。顔が熱くて、汗が噴き出してきそう。

「どうして謝る？　行きずりの男に話すにはちょうどいい話題じゃないか。よく会う人間には話せないだろ」

さらっと当然のことのように言われ、今度はこちらが目を丸くした。

「あ、ありがとうございます。聞いてもらって楽になりました」

「もっと話していい。俺がその若さで余命五年って言われたら、泣き叫んで敵対する組にカチコミかけてたかもしれない。君はおとなしすぎる」

カチコミってなんだろう。ヤクザ同士の抗争を起こす……みたいな意味かな？

まったく取り乱さなさそうな城田さんが泣きながら敵に突っ込んでいくところを想像したら、不覚にも少し笑えてしまった。

「お、笑ったな」

「城田さんのお話が上手だから」

他人を威圧する職業のわりに、聞き上手だし話し上手だ。

一緒にいると楽しい。

「NPO法人で成年後見人の会とかあるだろ。そういうの頼んでおいたら？　入院になったら家族の代わりに手続きしてくれるって聞いたことがある」

「後見人。そういうのもあるんですね」

「治療で働けなくなって金がなくなったら、生活保護申請という手もある。生活保護受給者の入院費治療費タダの指定医療機関で治療したらどうだ。生保が通らなかったら、高額医療費の申請をする」

すらすらとよどみなく話す城田さん。

こうして聞いていると、公務員か医療従事者と話しているみたい。

「物知り……というか、生きることに前向きですね」

ひとりで死んだらどうするか、ということはふとした瞬間に考えてしまうけど、どうやって生き延びるかは、正直考えたことがなかった。

生きれば生きるほど、苦しみにぶち当たりそうで、考えることを本能が拒否していたのかもしれない。

そんな私と比べて、城田さんは強い人だ。

感心していると、彼はこくりとうなずいた。

「さっさと死んで借金をチャラにしようってやつがいるんでね。こっちは商売柄、なんとか生かそうとする」

「そっち⁉」

まさかの、「借金をしっかり回収するために債務者を生かす」ための知識だったか！

「城田さんって、やっぱり普通の会社役員じゃないんですね」

「海で背中の墨見たろ。こんな一般人いやしないよ」

からっと笑う城田さん。悪意の欠片もなさそうなのに、やっぱりヤクザで間違いない。

「どうしてあなたみたいないい人が」

聞いてしまってから、ハッと口をふさいだ。

これではヤクザなんて悪い人ばかりと言っているようなものだ。

「自分で志願したと思うか？　ヤクザになるやつなんて、だいたい家庭の事情か前科者だよ。俺は前者」

別に気にした風でもなく、城田さんはさらりと答えた。

話に夢中になっているうちに冷めかけた料理を食べるようにすすめられる。

私はゆっくり食べながら彼の話を聞いた。

「よくある話だよ。十歳のときに組長の愛人だった母が事故で死んで、組長に引き取られたんだ」

全然よくある話ではないけど、話の腰を折ってしまうので、それは言わないでおく。

「ってことは、さっきのおじいさんとは血が繋がっているんですね」

「どうだろうな。俺は母親似だし、ＤＮＡ鑑定したわけじゃないから、証明のしようがない。でも組長は、自分の子供と信じているみたいだ」

察するに、城田さんは十歳まで組長さんとは一緒に住まず、お母さんを頼りに成長したのだろう。

「妹さんは今、どうしているんですか？」

「ああ……。妹は、バイクの事故で死んじまった。十七だったかな」

私は言葉を失った。

「不良仲間とふたり乗りしてて、スピード出しすぎてカーブを曲がりきれなくて。バカだよなあ。生き延びていたら堅気になる道だってあっただろうに」

城田さんは特別湿っぽくなることもなく、淡々としている。

十七ということは、高校生だったのか。だからすっぴんの私に妹さんの面影を重ねたんだ。

お母さんを亡くし、たったふたりの兄妹だったのに。

妹さんまで亡くした城田さんは、どんなにつらかっただろう。

「あーほら、そんな顔するな。飲め飲め」

「はい、いただきます」

その場をいなすように明るく言う城田さんに従い、もう一杯ワインをあおった。

「だからな、生きてりゃなんとかなるんじゃないかって思っちまうんだよ」

「はい」

「死にたいやつは止めちゃいけないんだろうけど、俺はヤクザだから全力で嫌がらせしてやるさ」

つらい話をしたあととは思えない勢いで、パクパクと料理を平らげていく城田さん。

私も彼を見習って、しっかり食べることにした。

そうだよ。生きていればなんとかなるかも。

余命五年って言われていても、もしかしたらうっかり治ることもあるかもしれないじゃない。医学は日々進歩しているんだから。

私たちはフルコースを堪能し、レストランを出た。

食前酒とワイン二杯を飲んだだけで、足元がふらつく。

よく考えれば、お酒は病気にあんまりよくなかったような。

いっか、今日だけ……今日だけだもん……。

仕事の休憩中にする昼寝みたいに、半分意識を残したままフワフワする感覚を心地よく楽しんでいると、城田さんに肩を抱かれた。

「おいおい、大丈夫か。酒に弱いなら、飲む前にそう言えよ」

「すみません。おいしいワインでしら〜」

語尾の「た」が「ら」になってしまった。

自分で思っているよりも、酔っているのかも。

「俺の部屋で休憩していけ」

「そんなこと言ってぇ。らめれすよう、彼女じゃない人を部屋に入れちゃあ」

「このままじゃ帰せないだろ」

私は彼に誘導されるまま、フラフラと移動した。

ドアを開けて部屋の中に入ると、夜景が目に飛び込んできた。

「うわあ、きれい」

私が泊まっている部屋は少しお安いこともあり、海も夜景も微妙にずれたアングルで見えていた。

しかしここはよほど高さがあるのか、きれいな夜景がしっかり見える。

「お気に召したならなによりだ。ほら、座れ」

指さされたベッドに、私は座った。

大きなベッドだ。大人がふたり横たわっても、まだ余裕があるだろう。

体に力が入らなくて、私はベッドにこてんと横になった。

目の前では城田さんがジャケットを脱ぐ。

「城田さんは、結婚していないんれすか?」

「しているとしたら、女の子を連れ込んだりしない」

「そっかあ、そうれすよね~」

ところでヤクザって結婚できるのかな？

映画で組長の奥さんを「姐《あね》さん」とか呼ぶし、できるにはできるのか。

同業者ならまだしも、堅気の奥さんをもらうのはハードル高そうだな。

周囲の反対が……って、私、なに考えているんだろう。

「君は？　彼氏いないの？」

「いたら彼氏とグアム来てます」

「はは。そりゃそうだ。お互いフリーってわけか」

城田さんは跪き、優しい目で私の顔をのぞき込む。

どきりと鼓動が高鳴ったそのとき、彼の顔がすっと寄ってきた。

「ふっ」

避ける暇もなかった。

大きな手で頭を包み込まれ、彼に唇を奪われた。

びっくりして大きく目を見開いた私に、彼は唇を離して囁く。

「もしかして、初めて？」

「なあっ、なにがっ」

キスくらいしたことあるもん。

たしか、えっと……あれ、ないか？

複雑な家庭の事情を抱え、学生時代は恋愛している暇もなかった。

義兄ができてから、男の人に抵抗感が生まれた。義兄はいわゆるオタクで、まったく見た目を気にするような人ではない。痩せてはいるけど、首のたるんだTシャツとスエットを制服のように毎日着ている。髪もボサボサ。

人を見た目で判断してはいけないけど、義兄は見た目通りのだらしない生活をしている。

しかも、当時大学生だった私がお風呂に入っているときに間違えたフリしてドアを開けようとしたり、やたらスキンシップしてこようとしたりした。

やめてほしいと怒ると、「兄妹なんだから、そうプンプンしないで」とニヤニヤ笑っていた。

あまり騒ぐと家の空気が悪くなると思い、悔しいけど泣く泣く我慢していた。そんな事情も、私が就職と同時に家を出た理由だ。

「おい、妄想の世界に飛ぶな。俺を見ろ」

「へ……」

頬をなでられ、思考が過去から戻ってくる。

「一度くらいしてみるか？」

「するって」

「男女のこと、なにも知らないわけじゃないだろ？」

ごくりと唾を飲み込んだ。

心拍数がどんどん上昇していくのがわかる。

黒く濡れた瞳に吸い込まれそう。

死にたくないけど。

生き延びる可能性もゼロじゃないけど。

でも、やっぱり、五年後に私はこの世にはいないかもしれなくって。

考えると怖くて、寂しくて、ちぎれそう。

このまま私、なにも知らないまま死にたくない。

誰かのぬくもりを感じたい。自分が生きているんだって、実感したい。

「……はい」

蚊の鳴くような声で答えると、城田さんは再び顔を寄せてきた。

唇を重ねながら、彼の手がゆっくりと私を仰向けにする。

包み込み、押し付け、割り開いて侵入するキスに翻弄されるうち、気づいたら私は裸でシーツの上にいた。

「一生に一度くらい、こういうのも悪くないだろ」

至近距離で囁かれ、お腹の奥がうずいた。

彼の背中や肩、二の腕には桜の花が咲き乱れている。

私は一糸纏わぬ彼の裸体のどこを見ていいのかわからず、決して散ることのない桜の花びらを見つめた。

大きな手の中で、私の胸の膨らみが形を変える。

彼と私を乗せたシーツの上で、長い髪が揺蕩っていた。

脳が処理しきれません

帰国して二週間後。

「いきなり長い有休取って海外に行ったんだから、さぞリフレッシュできたんでしょうねえ？　だからもう少しシャキッとして頑張れるかな？」

課長を通り越し、部長に呼ばれてお説教を受けている私はバカだ。

部長は四十代のわりに姿は若々しくきれいだけど、言葉はとっても厳しい。

「若い子はいいわよね。私なんか子供産んでから自由に海外に行ったことなんてありゃしない」

後半はため息交じりの愚痴になっていた。部長は仕事と家庭の両立で、私よりよほど大変だ。

「申し訳ありませんでした」

深々と頭を下げると「行っていいわよ」と退出のお許しが出た。

なぜ私が部長にまで怒られたのかというと、帰国してからずーっとぼんやりしていてミスを連発したからだ。

今回はアパートの玄関ドア六枚分の注文を受け、発注していたにも関わらず、発送日を間違えて伝えてしまった。

おかげで工事が一日遅れ、施工主から大クレームが来たのだ。

それだけならまだしも、やっと届けたドアの色が注文と違っていたものだから、ますます大きなクレームになってしまった。

どうしようもない。ぼんやりして仕事に身が入っていなかった私が百パー悪い。

それもこれも全部、グアムでの事件のせいだ。

あの夜、私はお酒の勢いもあり、城田さんに初めてを捧げてしまった。

なんて、高校生ならまだしも、二十をとっくに過ぎてなにを言っているんだか。

とにかく、いたしてしまったことは確かだ。

翌朝起きたら城田さんはまだ寝ていた。

時計を見ると朝五時。

うっすら明るくなった部屋で見た裸の城田さんの肌に浮かぶ刺青が目に入り、血の気が引いた。酔いはすっかり覚めていた。

私はなにをやっているんだろう。

今まで、お酒の勢いでワンナイトラブを楽しむなどということは、私の性格からは考えられなかった。

しかも、相手はヤクザだ。どんなにいい人でも、反社会的勢力には違いない。関わらないに限る。

私はそっとベッドを抜け出し、その辺に散らばった下着をかき集めてシャワールームにこもった。

汗でベタベタした体を洗い流して戻ると、もともと私が着てきたワンピースがクローゼットにかけられているのを発見し、それを着た。

震える手で備え付けのメモ帳に「昨日はごちそうさまでした」とだけ書き置きし、部屋を出る。

早く、早く。

彼が起きる前に。

転がり出るようにしてホテルをあとにし、タクシーで自分の部屋に戻った。

昼に到着する麻美ちゃんを空港に迎えに行き、顔を合わせた瞬間、「お待たせー！って、なにかあった？」と聞かれた。

まさかヤクザと寝てしまったとは言えず、「眠れなかったの」とだけ答える。

麻美ちゃんに迷惑はかけたくない。

私はもしかしたらホテルに城田さんが訪ねてくるかもしれないと思い、ヒヤヒヤしながらその日を過ごしていた。

しかし残りの日程を過ごす中、一度も城田さんは会いに来なかったし、おじいちゃん一行も見かけなかった。

夢だったのかもしれないな。

私は帰ってきても、無意識にあの夜のことを思い出してしまう。

夜空に浮かび上がるようだった、桜の刺青。

城田さんは今頃なにをしているだろう。

今までなんのコンタクトもないということは、彼は一夜限りの関係と割り切っていたということなのかな。

私にとっては衝撃的で忘れられない出来事だったのにね。

始末書を書くためにパソコンの前に座っていても、いつの間にやら上の空。

こりゃミスもするわ。早く正気に戻らないと。

コーヒーを飲もうと立ち上がると、頭がなにかにぶつかった。

「いたっ」

「うっ。あれ、川口君?」

どうやらすぐ近くに立っていた川口君の顎に、頭をぶつけてしまったみたい。

こっちも痛いけど、川口君のほうが痛そう。涙目になっている。

「広瀬、ぼんやりしすぎだって。どうしたんだよ。クラゲにでも刺されてきたのか?」

川口君は舌を噛んだらしい。

手で口元を覆っているので、声が聞き取りづらい。

お土産のマカダミアチョコを配ったので、私がグアムに行ったことは部署内に知れ渡っている。

なきゃないで、バレたときアレコレ言われるし、配ったら配ったで「ひとりだけ休んでずるい」と言われる。あーもうめんどくさい。

「ごめん。クラゲにもエイにも刺されなかったけど、迷惑かけてる自覚はあるんだ」

どう考えても、城田さんが私の生活に大きな影響を及ぼしている。

なんなら少し、病気のこととか余命のことかとか忘れるくらいに。

「やっぱりなにか悩んでるんだろ。休む前から変だったもんな」

川口君が心配そうにのぞき込んでくる。

「大丈夫だよ」

周囲から「またおしゃべりしてサボっている」というような冷たい視線が投げられ

ているのを感じる。

私はコーヒーを淹れるため、フロアの隅に向かう。

川口君は金魚のフンみたいに後ろにくっついてきた。

「なあ、今日飯行こう。決定」

「え？　まあ用事はないけど。おごり？」

「おう、おごってやるよ。悩みは話さなくていい。気晴らしに行こうぜ」

語尾の「ぜ」がわざとらしい。

同期を励まそうという善良な川口君の厚意を何度も無下にするのも、なんだかなあ。

「お酒なしならいいよ」

心の底から懲りた私は、もうお酒は飲まないと決めた。

川口君は「明日も仕事だもんな」と勝手な解釈をしてうなずいた。


夜八時過ぎ、私は1DKのアパートに帰ってきた。

誰かと食事に行って、こんなに早く帰ってきたのは初めてだ。

仕事のあと川口君とベトナム料理店に行ってみたが、話は弾まなかった。

料理はおいしかったけど、川口君の言葉が、ことごとく私の意識を上滑りしていく。

『なにかあったんだろ。どんとこい。俺が受け止める』

そう言って自分の胸を叩く川口君は、とても親切なのだ。

だけど私は、彼に自分の秘密をさらけ出す気にはまったくなれなかった。

『悩みは話さなくていいって言ったじゃない』

『言ったっけ』

『うん。あ、この生春巻きおいしい』

魚醤ソースをつけた生春巻きをバリバリ音を立てて食べる私を、川口君はぽかんとした顔で見ていた。

誘いを受けた時点で、私が彼に心を開いたと思っていたのだろうか。

川口君は親切なんだけど、ちょっとずつ私の的を外している。

誰かに悩みを話すことで楽になるタイプの人には、とても合うんだろう。

川口君はそれ以上なにも聞かず、当たり障りのない話にシフトチェンジした。

しかし盛り上がることはなく、たった一時間で私たちの食事は終了した。

彼の名誉のために言うと、決して川口君がつまらないのではない。

私が彼の話についていく余裕がないだけ。

「悪いことしちゃったな……」

愛想笑いでお茶を濁すくらいなら、行かなきゃよかった。川口君の時間を無駄にしてしまった。

着替えもせずにビーズクッションに沈み込み、スマホを眺める。

トークアプリを開くと、相変わらず城田さんのアイコンが残っている。

ブロックしているわけでも、されたわけでもない。

だけど連絡は来ない。私もできない。

それでいいはず。日常生活ではヤクザと関わらないのが無難。

私はスマホを胸に抱き、目を閉じた。

早く忘れないと……。

数日後。

仕事のミスは減ったけど、効率は上がらない。

毎日を生き延びるのが精いっぱいで、帰ったらぐったりとクッションに沈む。

やっぱり病気で体がだるく、やる気が出ないのか。あるいはその逆で、心の調子が悪いから体に影響を与えているのか。

あー、買ってきたお弁当を食べるのもだるい。

ダラダラとスマホを見てしまうのが悪い癖だと自覚しているのに、なかなかやめられない。

SNSを眺め、意味なくスクロールを続けていると、突然別の画面が割り込んできた。

「おわっ。誰?」

登録されていない番号だ。固定電話からかけているみたい。

そういえばこの番号、昼間もかかってきていた。着信履歴に残っていたっけ。

仕事中で出られなかったけど……もしや、城田さん⁉

ハッと思いつき、画面をスワイプした。

「もしもし!」

『もしもし、広瀬志麻さんのお電話でよろしいでしょうか?』

落ち着いた中年男性の声に、しゅるしゅると心がしぼんでいく気がした。

だよね。アプリでは繫がっているけど、電話番号は教えていなかったもん。

「はい、そうですが」

応答する声が低くなる。

セールスかな。もう切っちゃおうかな。

『私、宝前《ほうぜん》記念病院庶務課の佐藤《さとう》と申します』

「はい？」

宝前記念病院って、余命宣告されたあの病院だ。

庶務課って？　なに？　お金支払い忘れてたとか？

予約の日に行かなかったのがまずかった？　連絡しなかったもんなあ。

どうして電話が来たのかわからずに、先回りして考え込む私に、佐藤さんと名乗る声が言った。

『実はお詫びしなければならないことがございまして、お宅に伺いたいのですが』

「お詫びって……どういうことですか？」

『お会いして詳しいお話をさせていただければと思います。主治医の河野《こうの》も一緒に参りますので』

「あ、はい……わかりました」

もしや、逆に会計のミスでお金を払いすぎていたとか？

電話を切ったあと、部屋を片付け掃除機をかけたところで、玄関のブザーが鳴った。

時計を見ると、夜七時を少し過ぎたところ。さっきの電話から二十分ほどしか経っていない。

ドアののぞき穴から外を見ると、頑固じじい、もとい河野先生と、知らない男性が立っていた。

「こんばんは。どうぞ」

部屋の中へ招き入れると、突然ふたりの男性が私の前にひれ伏した。

「申し訳ございませんでしたぁっ！」

「え？　え？」

卓袱台と呼んでも差し支えないほどの小さなテーブルの向こうで、佐藤さんと河野先生が正座をし、深々と頭を下げている。

お茶を淹れようとした私は、そろりと正面に置いてあるビーズクッションに腰かけた。

「なにがですか？　説明してください」

彼らの憔悴した様子から、なにか普通じゃないことが起きたことは明らかだった。

「実は……広瀬様の検査結果が、別の患者様の結果と入れ替わっておりまして」

「検査結果が？」

「ええ。大変申し訳なく、複雑なお話なんですけれども」

河野先生はずっと首を垂れて黙っている。

私は庶務課の佐藤さんが説明を続けるのを聞いた。

最初の間違いが起きたのは、健診のときだったそうだ。

健診の項目に、採血があった。

なんと、同じ日の同じ時間枠に、同姓同名の患者が来院していて、検体を取り間違えたのだ。

採血管には名前と患者ＩＤがプリントされたシールが貼ってあるし、私もそれは確認した。

といっても、私が見たのは名前だけ。

採血スタッフが忙しすぎて、ＩＤや誕生日の確認を端折ったため、五つ離れたブースにいた同姓同名の患者と、採血管が入れ替わっていたことに気づかなかったのだ。

「ひええ……」

佐藤さんは説明を続ける。

私の元に届いた健診結果は、同姓同名の別患者のものだった。

そして内視鏡検査のときに、さらに悲劇が起きた。

同姓同名の広瀬志麻さんは八十五歳で、体調不良を訴え、血液検査の結果が信じられず、再度受診。

その際の採血結果を見た河野先生とは別の医者が、内視鏡検査の予約を入れる。

それがなんと、私の検査と同じ日だったのだ。

消化器内科の病棟が満床だったため、私たちはそれぞれ違う病棟に入院することになる。

そこで入院説明室のスタッフが、私たちのリストバンドを間違えて病棟に渡してしまった。

入院説明室というのは、入院の受付と説明を行い、必要書類のチェックやスキャンをし、患者を病棟に案内する部署だとか。

とにかく私は志麻おばあちゃんのＩＤリストバンドをつけ、入院、検査を受けた。

内視鏡センターの受付で、リストバンドをスキャンされ、そのまま検査へ。

電子カルテは志麻おばあちゃんのＩＤを認識し、そのまま私の検査結果が志麻おばあちゃんのカルテに登録された。

そして、私のカルテには、志麻おばあちゃんの検査結果が記入されたことになる。

「そんなバカな！　カルテに年齢は出ないんですか？　あれだけたくさんのスタッフがいて、誰も気づかないなんて！　しかも入院、二回してるんですよ？」

私は声を荒らげてしまった。

二回とも志麻おばあちゃんと入院の日が一緒で、二回とも入院説明室のミスが起きたらしい。

「説明室の看護師は、定年退職してから再雇用された人ばかりで」

佐藤さんが汗だくで説明する。

つまり、看護師が歳をとっているせいにしたいわけだ。

説明室のスタッフも確認が甘いけど、同じ検査をするんだったら、検査室のスタッフだって気をつけてほしい。

いくら大きな病院で検査室がいくつもあったって、同姓同名の患者が来るならそれなりに把握していつもより念入りに本人確認をすべきだ。

佐藤さんがさらに深く頭を下げる。

「すみません。人手不足で、しかも医師事務補助者が老眼だったようで」

私はぼんやりと、最後の診察のときに河野先生の言葉をパソコンに打ち込んでいた事務員さんを思い出した。

たしかに厚い眼鏡をしていたっけ。

検査中の記録も事務員さんか看護師がするらしい。

だからといって、医師がまったくカルテを見ず、入れ違いに気づかないってどうなの。

「責任の押し付けはやめてください。いくら忙しかったからって、関わった人全員が気づかないなんて異常です」

「すみません。電子カルテを入れ替えたばかりで、個人情報保護のため、年齢がプロフィール画面まで開かないと見えないようになっており」

「そんなカルテ採用しちゃダメじゃないですか。先生もおかしいと思わなかったんですか？　私の検査結果に、なんの疑問も抱かなかったんですか？」

あんなに高圧的な態度を取っておいて、別人の検査結果で余命告知して。

腹が立った私が責めると、河野先生は頑固な顔を崩してへらりと笑った。

「まあまあ。結果として、あなたは全然どこも悪くなかったんだから。あ、もう一度ちゃんとした検査をということだったら、優先的に予約を入れますが……」

どういうつもりか、河野先生は気味悪い愛想笑いを消さない。

笑ってごまかせばなんとかなると思ってるの？

最初の殊勝な態度は、ただのポーズだったのね。

医者がどれだけ偉いのよ。他人をバカにするのもたいがいにして。

「結構です！　そちらの病院にはもう二度とかかりません！」

ぶち切れた私に、佐藤さんがひれ伏す。

「あああ、どうかそうおっしゃらず」

「だって、私はまだいいですけど、そっちのおばあちゃんはどうなるんですか。あなたたちのせいで治療が遅れるんですよ⁉」

間違えていた、では済まない。

私だって散々悩まされて嫌な思いをした。でも、健康だからまだいい。

顔も知らないおばあちゃんのことを考えると、胸が痛む。

こんないい加減な病院のせいで、志麻おばあちゃんは……。

「いやそれが……個人情報なので、あまり大声では言えないのですが」

「ん？」

「もうひとりの広瀬志麻さん、『全然悪くないですよ』と言われたら安心して、症状が軽くなったそうです」

「はあ？」

佐藤さんの横で、ぶち切れた私に少し慄いていた様子の河野先生がぼそぼそと説明する。

「そっちの主治医に聞いたところ、高齢の広瀬さんはたしかに症状が軽くなったと」

志麻おばあちゃんの主治医は若い先生で、内視鏡検査で見たおばあちゃんの様子とカルテの画像の様子が違うことに気づき、最近もう一度検査をしたのだという。

結果、めちゃめちゃ健康というわけではないが、膵臓がんとしてはごく初期と言えるくらいの病態に落ち着いていたらしい。

若先生が不思議に思い、初日の検査の記録を調べていたら、私のカルテの存在に気づいたのだ。

「気の持ちようって大事なんですねえ」

佐藤さんがしみじみとうなずく。

そういえば麻美ちゃんが、「ハワイに行って思い切り楽しんだら、がん細胞が消滅した人がいる」というようなことを言ってたっけ。

気の持ちようは大事かもしれないけど、本当にそんなことあるのか。

いや、だったとしても、簡単に許容はできない。

「なにひとりでしみじみしているんです。おばあちゃんがちょっと元気になってよかったですけど。その若い先生が気づかなきゃ、私の人生めちゃくちゃになるところでしたよ!?」

もし治療をする決意をして、強い薬でも投与されていたら。

考えるだけでも恐ろしい。

「気づいて謝ったんだから、もういいだろ」

「先生は黙っていてください！」

ぺろっと不用意な本音を零した河野先生を、佐藤さんが叱りつけた。

先生は黙るけど、叱られた子供みたいに納得がいかないような顔をしている。

悪いのは他のスタッフで、自分は関係ないとでも言わんばかりの態度だ。

くそじじい。納得いかないのはこっちだっつうの。

「もういいです。再検査するなら他の病院でします。お帰りください」

「あの、これは心ばかりの」

佐藤さんが立ち上がり、持っていた紙袋から菓子折りを取り出した。

この人は悪くないのに。つらい仕事だなあ。

泣きそうな佐藤さんが哀れに思えてきて、仕方なくお菓子を受け取った。

私も大人だ。河野のじじいは絶対に許さないし地獄に落ちればいいと思うけど、佐藤さんは許そう。

「もうこういうことがないように、改善に努めてくださいね」

こんないい加減な病院で治療を続ける志麻おばあちゃんが心配でしょうがないよ。

主治医が河野のじじいじゃないことだけが救いだ。

「はい。本当に申し訳ございませんでした。今までの医療費は返還させていただきますので、どうかこの件はご内密に……」

佐藤さんは河野先生を引きずるようにして、アパートから出ていった。

ひとり残された私は、ぺたんと床に座り込む。

病気じゃなかった。健康体だった。

そうとは知らず、ムリヤリ有休を取り、グアムに行き、ヤクザとワンナイトラブいたしてしまった……。

そのせいでますます仕事がおろそかになり、目に見えて信用を失いつつある。

麻美ちゃんにもどれだけ心配をかけたことか。

「そうだ、麻美ちゃん」

病気じゃなかったって報告しなきゃ。

スマホに手を伸ばし、震える手で麻美ちゃんに電話をかけようとした。

すると。

――ブーッ。

突然鳴った玄関ブザーの音に反応し、指が止まる。

佐藤さんが忘れ物でもしたのかな？

「はーい」

玄関用サンダルを履いてドアを開けた私は、目を見開いて固まった。

「よう」

部屋の前に立っていたのは、夏用スーツを着た長身の男性だった。

髪をきっちりセットしているので一瞬わからなかったが、間違いない。

「城田……さん」

一方私は部屋着のゆったりTシャツだし、前髪をキャラクタークリップで留めている。

急に恥ずかしくなって、咄嗟にドアを閉めようとした。

すると、彼のつま先がドアの隙間に滑り込んでくる。

ガン！　と大きな音を立て、彼の革靴が挟まった。

「こらこら、閉めるな」

ドアの隙間からすごんでくる彼は、傍から見たら借金取りか悪質セールスに誤解されること間違いない。

「だって私、こんな格好で～」

再会が急すぎて、心臓がひっくり返りそうなくらい動揺する。

事前に知らせてくれたら、もう少しちゃんとした格好をしておいたのに。

「そんな格好もそそるじゃないか。相変わらずいい女だ」

ぴたっと動きを止めてしまった。

すると城田さんが身を滑り込ませてドアを閉めた。

そそるとか、いい女とか、この人本気で言っているのかしら?

ドキドキしていると、彼が低い声で聞いてきた。

「元気だったか?」

心配してくれたのだろうか。

城田さんの目線に、いたわりみたいなものが感じ取れた。

「は、はい。城田さんはどうしてここに?」

「君に会いにきたに決まっているだろ」

もしかしたら、あの日のドレス代や食事代を請求されるのではと少し思っていたので、ホッとした。

「やり逃げされたのは初めてでびっくりしたよ」

「やっ……そういう言い方やめてください。あのときは動揺していて」

本当は私、お酒に酔ってワンナイトラブするような性格じゃないんだもの。

玄関先でもじもじする私の頭を、城田さんは笑ってなでた。

「そうか。まあ、普通はヤクザに深入りしようと思わないよな」

「えっと……」

なんて答えたらいいんだろう。

戸惑っていると、彼は説明を続けた。

「君のホテルも知っていたし、また会いに行こうと思っていたんだが、あのあと急に忙しくなって」

「お仕事ですか？」

「現地のマフィアに絡まれて」

「まふぃあ！」

想像もしなかった言葉に驚きを隠せない。

マフィンならときどき食べるけど、マフィアは現実世界で見たこともない。

「なんだかんだあって、スマホが壊れてデータが飛んだ。だから連絡もできなくなって」

私のアプリには彼の連絡先が残っているけど、どうやら機種変更時のデータ引継ぎがうまくいかず、最近登録したデータがなくなってしまったのだとか。

ちなみに「なんだかんだ」の詳しい内容は、怖くて聞けない。

「やっと帰ってこられたから、会いに来た。あ、ここの住所は、組の者が調べさせてもらった。悪いな」

「いえ……」

どうやって調べたのか知りたいような、知りたくないような。

うつむく私の頭を、城田さんは大きな手でもう一度、ぐりぐりとなでた。

「元気そうで安心した」

顔を上げると、彼は目を細めて微笑んでいた。

胸の奥を掴まれたような衝撃を感じると同時、頬が信じられないくらい熱くなった。

彼はまだ若かったお母さんと妹さんを亡くしている。

だから状況は違うとはいえ、死にそうだった私を心配してくれたのだろう。

「じ、実は……」

これほど情けをかけてもらったのに、誠に申し訳ない。

私は先ほど佐藤さんから受けた説明を簡単にして、城田さんに伝えた。

「なんだそりゃ。その病院、少し痛い目に遭わせてやる必要がありそうだな」

「いえいえ、いいですいいです」

城田さんが曇った表情で物騒なことを言うと、冗談に聞こえない。

あんな病院でも、地域医療には必要な存在だものね。忙しいってことは、多くの人があそこを頼っているってことだ。

だからこそ、すべての仕事をもう少し丁寧にやってほしいと思うけど。

「まあいいか。そうだよなあ、まったく病人に見えないからおかしいと思ったんだよ」

「申し訳ないです」

「君が謝ることはひとつもないだろ。ああ、よかったよかった」

城田さんはまるで犬にするように私を抱き寄せ、頭をなでくりなでくりする。

何度もなでられたせいで、私の髪の毛はくしゃくしゃになった。

「ようし、気が軽くなった」

「それはなによりです……」

こっちは心臓がもたないよ。

彼の腕の中にいた私は、突然べりっと引きはがされた。

目の前には、城田さんの整った顔面。

「志麻、俺の女になれ」

「……へ？」

「堅気風に言わなきゃダメか。付き合おう、志麻」

付き合おうって……私と城田さんが恋人になるってこと？

私はバッと彼の手を振りほどいて距離を取った。

心臓が煽られて、口からまろび出そう。

生まれて初めて、交際の申し込みを受けてしまった。

「あ、わ、わ」

ちょっと待って。

こっちは今、散々悩まされた診断が間違いだったと言われたばかり。

それだけでも混乱していたので、ヤクザから交際申し込みという事実を脳が処理しきれない。

城田さんがクスリと笑い、こちらに手を伸ばす。

——ドンドンドン！

借金取りが来たかのような、ドアを強く叩く音が三回響き、城田さんから笑顔が消えた。

「若頭！　急いで戻ってください！」

外からかけられた若い声には聞き覚えがある。

たしか、グアムにもいた、パンチパーマの山下さん？

「騒ぐんじゃねえ。近所迷惑だろうが」

城田さんは舌打ちし、ドアの向こうに返事をした。

「でもお。緊急事態なんですよお。ここがやつらに目つけられたら嫌でしょ？」

「そうか、それはいかんな」

やつらって誰。目をつけられるって。

絶句した私に、城田さんは苦笑してうなずく。

「大丈夫だ。ここは絶対に襲撃させない」

怖い単語を残し、城田さんはドアを開けた。外にいたのはやっぱり山下さんだった。

「じゃあ、また」

「えっ、あ……」

彼は軽やかに階段を駆け下り、山下さんと一緒に黒塗りのワンボックスカーに乗り込むと、あっという間に行ってしまった。

暴露とプロポーズ

翌日の昼休憩中、私はやっと麻美ちゃんに電話をかけた。

「もしもし、麻美ちゃん？」

『はいはい、どうした？』

麻美ちゃんは休憩時間が決まっていないので、こうして繋がったことは奇跡だと言える。

「私、病気じゃなかった！」

昨日起きたばかりのことを麻美ちゃんに話す。

自分でも、自分の声が興奮気味に上ずっているのがわかった。

『なんだそれ！　その病院ひどすぎる』

「だよねえ。訴えられても文句言えないよね」

『本当ね。でも、よかった。志麻ちゃんが健康で』

ぐすっと鼻をすするような音が聞こえ、じわっと目頭が熱くなった。

「ごめんね、心配かけて。無理にグアムまで付き合ってもらって」

『ううん。グアム楽しかったし！　ああ、よかったよ～』

「ありがとう麻美ちゃん」

彼女の明るい声を聞いていると、心が温まる。

また時間を合わせてゆっくり会おうと言い、電話を切った。

ささくれだった心が安定を取り戻した途端、お腹が空いてくる。

会社を出てすぐのところにあるベンチで、自分で作ったお弁当を広げた。おにぎりと少しのおかずを詰めた、簡単なお弁当だ。

これからも生きられるなら、それこそ健康でいなくては。

そう思った私は、今日からなるべく自炊することに決めた。

母が亡くなって父が再婚するまで、食事の支度を父と交代でしていたので、それほど苦労は感じない。

梅とわかめを混ぜ込んだおにぎりとおかずをぱぱっと食べ、片付けたらすぐに仕事に戻る。

今までの遅れと、信頼を取り戻さなくちゃ。

机に向かい、午前中に言いつけられていた製品アンケートの集計を始める。

「ひーろせ」

カタカタとキーボードを操作していると、突然後ろから声をかけられた。

「なあに」

周りに人はない。うちの部署はお昼を休憩室で食べる人がほとんどだからだ。

私は振り返らずに、画面を注視する。

声で相手が川口君だとわかるから、あえて振り返る必要もない。

「元気が出たようで結構だけど、あんまり無理するなよ」

「ありがとう」

川口君が後ろから右隣に移動するのを気配で感じる。

「なあ、広瀬」

「うん？」

どうしても話を聞いてほしそうな雰囲気を感じたので、一旦手を止めて川口君のほうを見た。

彼は想像していたよりもずっと、思いつめたような顔をしている。

「ど、どうしたの」

思わずこっちから聞いてしまった。

しかし川口君は沈黙したまま、私を見つめている。

もしかして、顔に米粒でもついてる？

いやそれなら、笑うはずだ。

「ねえ、言いたいことがあるなら言いなよ。その〝溜め〟はなんなの｜」

ポンと肩を叩いてみた。

すると彼はゆっくり目を閉じ、開けた。なにかを覚悟するような表情だった。

「俺、広瀬が好きだ」

まっすぐに見つめられ、そう言われた。

「付き合ってほしい。返事はいつでもいい」

「えっ」

これって、告白？

川口君が、私をそんなふうに見ていたなんて。

驚きすぎてなにも言えない。

川口君は数秒待っていたけど、今すぐ返事はないと判断したのか、「じゃあ」と言ってオフィスの外に出ていってしまった。

私は呆然と、彼の背中を見送っていた。

びっくりした。まさか川口君に告白されるとは……。

思いも寄らないサプライズに、胸が高鳴る。

ただの同期と思っていた人に告白され、ときめくというよりは動揺している。

「困った……」

ぽろりと出た本音。私は頭を抱え、机に突っ伏した。


一週間後。

川口君の告白の返事は、された翌日にはしておいた。

直接言うのが気まずく、アプリで「ごめんなさい」とメッセージを送った。既読マークは付いたけど、返事はない。

今日も定時で仕事を終え、すぐにオフィスを出る。

それも、川口君に話しかけられるのを避けるため。

世紀の誤診にも気づかないくらい鈍い私でも、ハッキリ好きだと言われれば意識してしまう。

異性として気にするというよりは、異性として見られているということが気まずいのだ。

彼はいい人だけど、それだけ。

恋愛対象として考えたこともないし、これからもただの同期でいたい。

というわけで川口君には悪いけど、私は彼を避け続けている。

昼休憩もなるべくひとりきりにならないよう、人目のある休憩室で取るようにした。

エレベーターの階数表示を見ながら、ぼんやり考える。

城田さんへの返事はどうしよう。川口君にするみたいに、単純にできない。

グアムでの一夜が脳裏に浮かびそうになり、自分で軽く頬を叩いた。

私、再会してから城田さんのことばかり考えている。

ヤクザと交際というのは、どう考えても外聞が悪い。

今は再会したばかりでお互い気持ちが盛り上がっているけど、後悔することは間違いないだろう。

理性ではそう納得し、お断りするセリフを考えるのだけど、うまくいかない。

私、城田さんのこと、気になっているみたい……。

彼といると心地いい。

結婚するわけじゃないなら、ヤクザでもいいんじゃないかなんて、子供みたいなことを頭のどこかで考えている。

「あら、あなた。元気になったの？」

到着したエレベーターに乗ると、部長が隅っこに立っていた。

少し前に叱られたばかりなので、居心地が悪い。

「ご迷惑をおかけしました。もう大丈夫です」

「まあ、若い頃はいろいろあるわよね。でも仕事は仕事だから。プライベートと分けてしっかりやってちょうだい」

「はいっ」

ハッキリ返事をすると、部長は満足そうにうなずく。

「あら」

部長のポケットからスマホが振動するような音が聞こえた。

彼女の視線が逸れたのでホッとする。

そうこうするうちにエレベーターが一階に着いた。

スマホを見ている部長に会釈してエレベーターを出る。早く離れようと一歩踏み出したとき、部長が「ちょっと」と声をかけてきた。

「あなた、家はどの辺り?」

「はい、ええと」

最寄り駅を告げると、部長はスマホを見てうなずいた。

「それなら大丈夫か」

「なにかあったんですか？」

部長は私にスマホの画面を見せてきた。

「ここの結構近くで、ヤクザの抗争みたいなものがあったらしいわ。警察が出動したって」

「抗争っ？」

どくんと心臓が大きく震えた。

しかし部長のスマホをあんまり凝視するわけにもいかず、深呼吸をして心を落ち着かせる。

「怖いわね」

「はい……。ではお気をつけて」

「うん、あなたも」

一緒に会社から出たが、部長とは帰る方向が違うようだ。

離れていく部長を見送り、自分のスマホを取り出す。

ニュースアプリのトップページに、ヤクザ抗争の一文が写真と共に載っていた。

鵬翔会と敵対している組織『鮫島組《さめじまぐみ》』の構成員同士でトラブルが起き、大乱闘になったらしい。

文字で見ただけで、身が縮む思いがした。

鵬翔会はこの辺りでは一番大きな組織だと思われる。帰国してから検索してみたら、匿名掲示板にそう載っていた。

城田さんは若頭と呼ばれていたから、組長に続いて組織のナンバー二の存在だ。

さすがに怪我人の名前までは報道されていないが、無事だという証拠もない。

電話してみようか……ううん、さすがに今はそれどころじゃないだろう。

ギュッと握りしめたスマホが、手の中で突然震えた。

ハッとして見た画面には、「城田さん」の文字。

考えるより先に手が動いていた。

「はいっ、広瀬です！」

『志麻……俺はもう、ダメかもしれん』

「えっ」

掠れた城田さんの声に、血の気が引いていく。

もしかして、抗争で怪我をしたとか？　ダメってことは、命に関わるってこと？

胸が痛いくらいに鳴る。

『一週間志麻に会えなかっただけで死にそうだ。会いたい』

「へ？」

『今どこだ？』

全身からドッと力が抜ける。

よかった。軽口を叩けるくらいには元気みたい。

「退社したところですけど……城田さん、今日は忙しいんじゃ」

『なんで？』

「だって、ニュースで抗争があったって」

『ああ、それ昨日な』

「昨日？」

そういえば、日付をちゃんと確認していなかった。昨日のことだったんだ。

部長も見ていなかったのかな。それとも、引き続き気をつけたほうがいいよってことなのか。

「ちょっと揉めただけで抗争って書かれたんだ。もう後処理は済んでいる」

すぐ後ろから声がして、肩が震えた。

スマホを耳に当てたまま振り返ると、城田さんが立っていた。

威圧感ゼロの、爽やか社会人スタイルで。

「わあっ！」

「心配してくれてたのか。かわいいやつ」

グアムではオールバックだった髪をおろしていると、いつもより若く見える。

会社から出てきた社員たちが、私たちをチラチラ見て通り過ぎていった。

ときめいている暇もない。こんなところを同じ部署の人に見られたら、また陰でなんて言われるか。

「お茶！　お茶行きましょう！」

私は彼の手を引き、グイグイと引っ張る。

「いや、ちょっと忙しいから顔を見にきただけ」

「いいからっ」

建物と建物の間の細い隙間に滑り込む。

ホッと安堵の息を吐くと、城田さんがクイと私の顎に指をかけて上を向かせる。

「今日はいやに積極的だな」

至近距離で囁かれ、心臓が跳ねる。

「はい？」

「そういう志麻も嫌いじゃない」

空いているほうの手で後ろの壁に柵をされ、一瞬で唇を奪われる。

角度を変えて何度も交わるキスに、力が抜けていく。

顎にあった手が離れ、髪をなでた。

その温かさに酔いしれていると、手が下へと移動していく。

私の体の丸みを確かめるように動く手に、理性まで奪われそう。

「ダメです、こんなところで」

城田さんが唇を離し、首筋に顔を寄せてきたところで、なんとか声を絞り出した。

震える指先は、無意識に彼のスーツを掴む。

「なんだよ、誘っといて」

「誘ってなんか……」

グアムで過ごした夜のことを、意識しなくても思い出してしまう。

「ちょっと黙れよ」

再び強引に顔を寄せる彼が、ぴたりと止まった。

胸のポケットから、スマホのバイブ音が聞こえる。

「俺だ。ああ？　うるせえな、それくらい自分で考えろ。てめえは幼稚園児かよ。ぶっ殺すぞ」

鬼のような顔をした城田さんは、ラ行巻き舌でまくし立てる。

びっくりしながらも、私は乱れた着衣を直した。

「はー。あいつら、俺に頼りすぎなんだよな」

電話を終えた城田さんは、ため息を吐いてスマホをしまった。

「ま、いいか。ちょっとは充電できたわ」

「充電ですか」

「おう。志麻充電が切れそうだったけど、四割くらい回復した。朝まで一緒にいたいところだが、今日は帰らないと」

眉を下げる城田さん。私も同じような顔をしているのかもしれない。

「じゃあ、また連絡する。送っていけなくて悪いな」

隙間から先に出た城田さんが、周囲を確認して私の手を引く。

「いえ、あの」

「じゃあ」

目の前の道路に、黒い車が停まった。山下さんが運転席に乗っている。

城田さんは忙しそうにそれに乗り込み、嵐のように去っていってしまった。

「あ、この前の返事……」

返事、できなかった。せっかく会いにきてくれたのに。

「志麻充電か」

相変わらず怖いけど、私には優しい人。

すぐに見えなくなる黒い車が行った方角を、しばらく眺めていた。

唇にはまだ、彼の余韻が残っていた。


さらに一週間後、私は体調を崩した。

「なんか気持ち悪い」

同期の三島《みしま》さんと一緒に休憩室でお弁当を広げると、急に吐き気を感じた。

「大丈夫ですか？」

彼女は経理部で、あんまり話したことはなかったけど、お互いひとりで休憩していたので、なんとなく一緒に食べるようになったのだ。

三島さんはボブカットが似合うおとなしい子だ。

「うん……」

あちこちから漂ってくるいろんな食べ物の匂いが、鼻孔から襲ってくる。

「今朝も突然ご飯が食べられなくなって。胃が悪いのかなあ。病院に行ったほうがいいかな」

少し前に内視鏡検査までして健康だと太鼓判を押されたはずなのに。

胃腸風邪かな。吐き気ってしんどい。

「ごめん、ちょっと」

急に込み上げてきて、近くのトイレに駆け込んで吐いた。

「広瀬さん」

追いかけてきた三島さんが背中をさすってくれる。

空腹なのでほとんど出なかったけど、胃液のような黄色い液体が流れていく。

「はあ……」

吐いてもすっきりせず、胸のモヤモヤが残ったまま。

水を流し、口元を洗ってハンカチで拭う。

「ありがとう。ごめんね三島さん、私今日はお昼やめとく」

なにかにあたったのかな。古いものを食べた覚えはないんだけどなあ。

休憩室に戻ろうとトイレを出ると、三島さんが隣で呟いた。

「広瀬さんもしや、おめでたでは？」

「はい？」

振り向くと、三島さんは真面目な顔で私を見ていた。が、目が合うとすぐにうつむいてしまう。

「いえ、あの、姉が妊娠したときと似ていたのでつい。ごめんなさい」

「あ、そうなんだ……。謝ることないよ。行こう」

気にしていないふうを装ったけど、心の中は大渦巻きが発生していた。

妊娠……しているわけないと思うけど、もしそうだとしたら、心当たりはひとつしかない。

城田さんの顔を思い浮かべた途端、後ろから声をかけられた。

「広瀬！」

つい足が止まってしまった。この声は……。

「今のって、本当か」

振り返るまでもなく、私の目の前まで駆けてきたのは、川口君。

いつもかっこよくセットしてある前髪が乱れている。

「今のって？」

「おめでたって。相手は誰だ？　社内のやつ？」

「ちょ、ちょっとやめてください」

掴みかかってきそうな勢いの川口君の腕を、三島さんが止める。

「とてもセンシティブな話題です。声を抑えて」

三島さんの冷静な声に、川口君もハッとしたようだった。

深呼吸をして落ち着いた様子の彼を見て、私は三島さんに先に休憩室に戻るように促す。

「ごめんね。大丈夫だから」

「そうですか。じゃあ、先に行ってますね」

三島さんは川口君を警戒しながら、静かに去っていった。

「おめでたなんかじゃないよ。ただ胃の調子が悪くて」

「本当か」

「三島さんが心配してくれただけだよ」

私が一番動揺しているのに、どうして冷静を装って弁解みたいなことをしなくてはならないのか。

川口君はただの同期で、彼氏でも父親でもないのに。

「ごめんね川口君。この前メッセージも送ったけど、私あなたとは付き合えない」

ついでのように口から零れた言葉に、川口君は目を見張った。

「今は仕事を頑張りたい。それに……」

無意識にお腹をさする。

もし三島さんの言う通りだとしたら、お腹の子供の父親は城田さんだ。

彼の顔を、手の温かさを、匂いを、そして肌に刻まれた桜の刺青を思い出す。

「他に気になっている人がいるの」

思い出そうとしなくても、自動的に頭の中で繰り返し再生される、城田さんと過ごした時間。

たった数時間だったのに、城田さんはしっかり私の心を奪っていった。

「そうか……わかった」

川口君はしおれた草のようにうなだれた。

その横をすり抜け、私は休憩室に急ぐ。

指先が震える。体中が火照っている気がする。

まさか。まさか。

一度大きく動揺した気持ちは、なかなか収まらなかった。

たしかに、気づいてみれば生理が二週間ほど遅れている。

なんとか気力で午後の仕事を終えた私は、ドラッグストアに寄って妊娠検査薬を買って帰った。

トイレにこもり、説明書の通りに検査薬を使用。

数分後、検査薬のスティックに陽性を示すピンクの線が現れた。

「嘘でしょ……」

心臓が痛いくらい速く脈打つ。

汗が噴き出し、震える手でスマホを持った。

間違いかもしれないし、産婦人科を受診しなきゃ。

予約なしでも大丈夫な、夜までやっている病院を探す。

幸い、なんとか受付時間に間に合いそうな距離にある病院が一件だけヒットした。

よほど混乱していたのか、そこからどうやって病院まで行ったのかはよくわからない。

気づけば私はちゃんと病院で受付をし、診察を受けていた。

「妊娠三か月に差しかかったところですね。最終月経から数えて、八週かな」

診察室のモニターに、白黒のエコー画像が映し出された。

黒い袋の中に、お豆みたいなものが浮かんでいる。

「分娩予約どうしますか？」

「あ……どうしよう……」

「早くしないと予約枠埋まっちゃいますよ？」

先生の声が聞こえなくなっていく。目の前が真っ暗になるという感覚を初めて味わっている気がした。

余命宣告されたときよりも動揺している。

「じゃあ、一応していきます」

「はい。キャンセルのときは早く教えてくださいね」

予定日を計算し、看護師さんが手書きの予約表に私の名前を書き込んだ。

予約を終えて完全にぼんやりしてしまった私を、看護師さんがいたわりながら診察室の外に出してくれた。

「なにか事情があるのかもしれませんが、どうか落ち着いて、パートナーさんとよく話し合ってくださいね」

誰もいないところで優しく言ってくれた看護師さん。

私は静かにうなずき、待合室に戻った。

ご主人と一緒に来ているお腹の大きな妊婦さんが数名いて、もともと重い心に漬物石を乗せられた気分になった。

普通に結婚して妊娠したら、ああいう穏やかな顔になれるのかな。

お会計を済ませてから、家に戻る道をトボトボと歩く。待ち時間が長かったせいか、体は疲れ切っていた。

タクシーをつかまえてなんとかアパートまで帰り、着替えもせずにベッドに倒れ込む。

父親の心当たりは、ひとりしかいない。

城田さんに早く連絡しなければと思う反面、床に放り出したバッグの中からスマホを出す気にもなれない。

彼とは住む世界が違う。

もし彼がこの子の父親になってくれるとしても、ヤクザの妻と子になって、私たちは幸せになれるのだろうか。

心細さが募り、じわりと涙が浮かんだ。

自業自得。

全部自分の無責任な行いが招いた結果だ。

せめて城田さんが普通の会社員だったら、なんとか相談できたかもしれないのに。

城田さんは、いったいどういうつもりなんだろう。急に会いに来てくれたりしたから、嫌われているとは思えない。

だけど、単なる遊びだったとしたら。

ぞっと背中を冷たいものが駆け抜けた。そんな展開、想像したくもない。

どうしよう。迷っている時間はない。

早くどうするか決めないと。早く……。

疲れているのに、眠れない。

一貫性のない考えが浮かんでは消える。

羊の代わりに不安が次から次へと頭の中をよぎっていく。

ついには吐き気が襲ってきて、私はトイレに駆け込んだ。


なんとか二日間仕事を頑張り、やっと金曜を終えた。

明日は休みだ。

少しだけホッとする。

診断の次の日から、吐き気は空腹のときに強くなることを発見したので、小魚やナッツなどを食べながら仕事をした。

ネットで調べると、通称食べづわりというものらしい。

空腹を感じると吐き気を催すので、常になにか食べている必要がある。

といっても本気で二十四時間食べ続けるわけにはいかないので、カロリーの低い食品かガムでごまかす。

二日目の今日はわりと食べるタイミングのコツを掴んだようで、気持ち悪くなる前に食べて事なきを得た。

「広瀬さん、最近よく間食してるね。零してキーボード壊すなよ」

四十代男性課長に指摘され、どきりとする。

案外見られているものだ。

「はい、気をつけます」

愛想笑いで切り抜け、今日も定時で仕事場を出る。

振り返っても会社が見えないところまで来ると、一気に脱力した。

「はあ～」

余命五年から健康な二十代に戻れた途端にこれか。

がん告知のときは、「どうせ人生終わるんだから好きにしよう」と開き直ることができた。

けれど今回は違う。

終わりではない。始まったのだ。

堕胎をしてもそこで終わりじゃない。その事実は消せない。ひとつの命との別れは、一生忘れることはできないだろう。

生むとすればそれこそ、シングルマザー人生の始まりだ。

子供の父親も実家の援助もなにもなく、母としての責務を果たせるのだろうか？

悶々と考え込みながら歩いていると、お腹が空いてきた。

「いけないいいけない」

オフィス街の道路でバッグからアーモンドフィッシュの小袋を出して食べているのは、日本中で私だけかもしれない。

歩道の隅っこでもぐもぐしていると、道路からクラクションが鳴った。

すぐ近くからした音にびっくりして顔を上げると、見覚えのあるいかついワンボックスカーが停車していた。

もしや、あれって。

アーモンドフィッシュの袋がぽとりとアスファルトに落ちた。

開いた助手席の窓から見えたのは、城田さんだった。

「どうした。今日はやけに不幸そうな顔してるな」

窓に腕をかけ、身を乗り出す城田さん。

通行人が私と城田さんを交互に見ていく。不審なものを見るような目線にいたたまれなくなる。

私はちょこちょこと車に近づいた。

「城田さん、どうしてここに？」

「志麻はその質問が好きだな。君に会いに来たに決まっているだろ」

城田さんは今日もスーツを着ている。

間違いない。どう見ても城田さんだ。夢じゃない。

「私も会いたかったです！」

助手席の窓に両手をかけ、背伸びをする。

一瞬目を丸くした城田さんは、なぜか私の頭を真顔でなでた。

「なんですか？」

「いや、犬みたいだなと思って……」

たしかに助手席から顔をのぞかせている犬をたまに見かけるけど、それじゃ内外が逆。って、そんなのどうでもよくて。

「あんまり連絡くれないから、私のことを忘れたのかと思ったじゃないですか」

頭に置かれた手が温かい。

よかった。城田さん、元気そう。

「そんなわけないだろ」

「そうですか……。会えてホッとしました」

これからどうするか、ひとりで考えても袋小路に追い込まれるだけのような気がしていた。

城田さんの顔を見たら、なんとなく安心した自分に気づく。本当は、彼に相談したかったのかも。

彼なら、私の話をちゃんと聞いてくれる。緊張するけど、話してみよう。

「俺に会えなくてしょぼくれてたのか。今夜は朝まで一緒にいてやるからな」

ニッといたずらっぽく笑いかけられ、ぼわっと胸が熱くなる。

「とりあえず、乗れ。飯に誘おうと思って来たんだ」

後部座席のスライドドアが自動で開く。

私は迷わず、その中へ足を踏み入れた。

城田さんが予約しておいてくれたのは、川のそばの高級料亭だった。

周囲は背の高いビルが建ち並んでいるのに、そこだけ静かな別世界。

ライトアップされた日本庭園に面した和室に、料理が運ばれてくる。

女将さんを名乗る人が、並べられる料理の説明をしてくれた。

「苦手なものがあれば言えよ」

「あ、生ものがちょっと」

「そうだったか」

妊娠中なので、生ものは避けたい。

城田さんが女将さんを呼び、私のメニューを変えてくれるように頼む。

「ではお刺身を別のものに差し替えますね」

女将さんは嫌な顔ひとつせず去っていく。いや、この人の前で嫌な顔なんてできないか。

以前はお刺身が大好きだったので、とても名残惜しい。

私はお刺身をあきらめ、目の前の小鉢にあるものを食べた。

女将さんがたしか、平貝の昆布〆めとか言ってたっけ？　貝は一度湯通ししてあるらしい。

「おいしっ」

甘酢と昆布出汁のハーモニーが、今の私にはとてもおいしく感じる。

「どんどん出てくるからな。遠慮なく食べろよ。少し痩せたみたいだ」

何気ない城田さんの言葉に、喉が詰まりそうになる。

痩せたのは、食べづわりだとわかる前に、吐き気でご飯が食べられないときがあったから、そのせいだろう。

「今日は日本酒にしようと思うが、飲めるか？　ビールのほうがいいか？」

城田さんの横にはすでに冷えた日本酒が置いてある。

「いえ、今日はお茶で」

妊娠中にお酒を飲むことはできない。

「そうか。今日はノンアルの気分か」

無理にすすめてこないし、お酒を飲まない理由を詮索したりしない。

やっぱり、いい人だなあ……。

社会的にはよくない人なんだろうけど、私にはちょっと不思議なくらい優しい。

少しすると、お刺身の代わりに天ぷらが用意された。

「わぁあ」

喜んでそれを完食すると、中央にあるお鍋の下のコンロに火がつけられた。

「当店名物の水炊きでございます」

女将さんが頃合いを見て、ぐつぐつ沸騰したお鍋の蓋を取る。

「ほわ〜」

立ち上る湯気の向こうに、鶏肉と玉ねぎのシンプルな水炊きが現れた。

お出汁は黄金に光り、なんとも言えないいい香りが漂う。

ああ、この湯気を体中に浴びたい。

鶏肉と玉ねぎを口に入れると、それぞれ蕩けそうに柔らかく、玉ねぎの甘みが鶏のうまみを引き立てる。

コラーゲンたっぷりの水炊きが喉を通過していく。

すでにフル活動している胃が、優しく温められていくのを感じた。

「語彙がなくなるくらいおいしいです」

「そうだろ。今日は志麻と温かいものを食べたい気分だった。このところ忙しくて、さすがに疲れたよ」

「抗争の後処理、やっぱり終わってなかったんですか？」

「そうそう。サツに賄賂渡してその場を収めて……ってこらこら」

城田さんは楽しそうにお酒を飲む。

「癒やされたいなと思ったら、君の顔が浮かんだんだ」

動かし続けていた箸を止めてしまった。

器から目線を上げると、城田さんが整った顔でこちらを見つめていた。

「で、この前の返事は考えてくれたか？」

私は口の中にあったものをごくりと飲み込む。

「あれって冗談じゃなかったんですか」

「冗談だったら、今日だって誘ってないだろ」

城田さんが呆れ顔で頬杖をつく。

「すみません。恋愛経験が少ないせいか、そういうのわからなくて」

「遊び目的の女に、忙しい合間を縫って会いに行ったりしないだろ。そう言うと恩着せがましく感じるかもしれないけど。俺はただ君の顔を見たかったんだよ。本気だからさ」

「あ……」

そう言われればそうか。

鋼メンタルのわりに自分に自信がない。だから彼のことを信じられなかっただけ。

このままでいいのか、私。

自分の気持ちを話さなければ。他人から歩み寄ってもらうことばかり期待してちゃいけない。

「あの、返事と言うか、私もお話したいことがありまして」

掘りごたつなので正座をし直すということはないけど、箸を置いて背をぴんと伸ばした。

緊張で鼓動が高鳴る。

「実は私、妊娠しています」

城田さんの目が見開かれた。

「あなたの子です」

そこで言葉は途切れた。

今さらながら、彼のリアクションが怖くて、それ以上言えなくなってしまった。

困るに決まっている。笑われたらどうしよう。うろたえるかもしれない。

城田さんは何度か瞬きし、大きな手で自分の額を押さえた。

「ちょっと待ってくれ。驚いた」

本当に驚いたのだろう。わずかに頬が上気しているように見える。

「たしかにグアムで、できるようなことをした。ちゃんと覚えている」

「しましたね」

「君が初めてだと思えないくらいの反応をするから、こちらも油断したというか、我慢できるはずのものができなくて」

「ちょ、具体的に言わないでください！」

いつお店の人が来るかわからないのに、そういう話はやめてほしい。恥ずかしい。

「いつわかったんだ？」

「つい最近です」

「そうか……だから今日はぺったんこな靴を履いて、アルコールも生ものも避けたのか。もう立派な母親だな」

今度は口元を押さえ、目を伏せる城田さん。

長いまつ毛の影が頬に落ちる。

言われてみれば、私、ちゃんとした妊婦さんみたいな選択をしている。

妊娠しているとわかったとき、その場であきらめようとは思わなかった。

戸惑いつつも分娩予約を取り、ヒールのない靴を履き、食事に気をつけている。

母親の自覚というほど大層なものじゃないけど、なにかが私の中に芽生えているのはたしかだ。

私はそっと、まだ膨らんでいない自分の腹部をなでる。

「じゃあ、付き合ってくださいじゃなくて、結婚してください、だな」

ゆっくり開いた瞼から見えた黒い瞳が、私をとらえる。

「結婚しよう」

突然のプロポーズに、呼吸が止まりそうになった。

彼にふざけているような様子はない。

普通の人でも逃げる男の人は多いのに、ヤクザな城田さんは至極真面目な顔でそんなことを言う。

責任を取ろうという強い意志を感じた。

「い、いいんですか……？」

結婚は、「付き合う」とは段違いの重い選択だ。ノリだけでできるものではない。

少なくとも、私はノリでは結婚できない。

「だって子供ができたんだろ。それに、そもそも好きじゃなきゃ、付き合おうとも言わない」

「好きっ？」

「好きだよ。今までの話の流れで、どうしてそこ疑うんだよ」

城田さんはちょっと呆れたような目で私を見ている。

「嘘……」

頬が熱すぎて、両手で包んでうつむいてしまった。

城田さんが私のことを好きだなんて、信じられない。

しかも、結婚しようだなんて。

「簡単に決めていいんですか？　私がすごくだらしない、嫌な人だったらどうします」

「そんなこと言ったら、俺なんて反社会的な、世間の嫌われ者だ。もちろん、結婚するなら完璧な一般人を装うさ。心配するな」

笑いながら話す城田さんを前にすると、なんだか肩の力が抜けた。

「一緒にいて心地いいと感じたのは君が初めてだ。だらしなくてもいいから、隣で笑っていてほしい」

穏やかな彼の声を聞いていたら、うっかり涙腺が緩んで涙が出そうになる。

もっと早く、彼に相談すればよかった。

「もう一度言う。俺の妻になれ、志麻」

テーブルの上に、城田さんが厚くて大きな手を差し出す。

この手なら、私も子供も守ってくれそうだ。

「はい」

私はそっと、彼の手のひらに自分の手を乗せた。

顔を上げると、城田さんが力強く微笑んでいる。

私もつられて微笑むと、彼の手が私の手を強く握った。

＊＊

周りの住宅から中が見えないよう、高い塀と植木に囲まれた日本家屋。

ここが鵬翔会組長の自宅だというのは、近隣では有名な事実だ。

ちなみに事務所のビルは別にあり、俺がＣＥＯを務める建築会社のビルはそれもまた別。

建築会社は一般企業と変わらない見た目だが、事務所は堂々と鵬翔会の看板を掲げている。

「おかえりなさいませ」

　スーツの構成員がずらりと並ぶ門に入り、屋敷の最奥にある組長――自分の父親だ――の部屋を目指す。

「ただいま帰りました。少しよろしいでしょうか」

　組長の部屋の廊下からは、白い砂利を敷き詰めた枯山水の庭が見渡せる。

　枯山水の見た目が好きなのではなく、侵入者が訪れたときに足音がわかりやすいようにという理由で採用された庭だ。

「おう、入れ」

　すっと障子を開け、組長の部屋に入る。

　組長は部屋着でテレビを見て寛いでいた。

　こうしてみると、普通のおっさんだ。

　普通と違うのは、着ているのがゴルフをしている男の姿を編み込んだカラフルな謎のセーターということくらい。

「食うか？　好きだろ？」

　少なくなってきた髪をオールバックにした組長は、テーブルの上の饅頭を俺にすすめてきた。

「いや、実は……」

俺は饅頭には手をつけず、まず組長に志麻と結婚することを伝えた。

組長は鳩が豆鉄砲を食らったような顔で、俺を見返す。

「ガキができたから、責任を取るってか。まあ当たり前のことだな」

「はい」

「そりゃあお前の好きにすりゃあいいけどよ、相手は堅気なんだろ？　大丈夫か？」

組長は俺に対して甘い。政略結婚を押し付けてきたことは一度もない。

実は俺の他にも本妻の息子がいたが、外国で遊んでいる間にドラッグのやりすぎで死んでしまった。

それから俺は残された最後の息子として大事にされてきたのだ。

組長はその辺のオヤジと同じようなシワシワの手で、饅頭のセロファンをむきながら話す。

「父親がヤクザだと、嫁さんが家族や友人から縁を切られることもある。生まれた子供が差別されることもあるだろう。その辺、そのお嬢さんはわかってるのかね」

差別は自分自身が受けてきた。

ヤクザの息子というだけで、周りは俺を腫れ物扱いし、視界に入れないよう努力しているようだった。

おかげで今も友と呼べる存在は皆無だ。

高校生のときに一緒にバカをやった仲間も、卒業と同時に縁が切れた。

「彼女も家庭に恵まれなかったようで、実家とはほぼ絶縁状態だとか」

志麻の実家のことは、プロポーズしたあとで聞いた。

俺たちはお互い早くに母親を失った者同士。

「組長が心配していることは、ちゃんと話しておきます」

「ああ、そのほうがいい」

志麻は今妊娠したばかりで、とにかく頼る存在が欲しいのだろう。

それでもいい。俺は彼女と結婚し、彼女と子供を守る。

幸い、自分は建設業が主で、ヤクザ稼業はサブだ。

俺が味わった孤独は、志麻や子供には味わわせたくない。

彼女らのためなら、一般人を演じきってやろう。

「お前だけは足抜けさせられねえからな。許せよ」

そう言い、組長はセロファンをむいた饅頭を俺に渡した。

俺はいつまでも、組長の子供なのだ。

若頭として組の内情を知るという意味でも、俺はヤクザと縁が切れない。

「いただきます」

饅頭をひと口かじる。優しい甘みが口内に広がった。

素朴な味が、子供時代を思い起こさせる。

俺と妹の華《はな》は、双子の兄妹だった。

母はホステスをやっていて、組長と知り合い、俺たちを生んだ。

組長は母が出産したことを知らなかったらしい。

母は正妻からの攻撃を恐れ、東京《とうきょう》からはるか遠く離れた実家近くの町に引っ越した。

祖父母とは縁が切れていたが、母は自力で介護施設の仕事と保育園を決めてきて、俺たちをひとりで育てていた。

今思えば、身心共に相当ガッツのある女性だったと思う。

俺と華が小学生になった頃から、母は夜勤を始めた。

母がいない夜は不安で仕方なかった。土日も子供だけで過ごす日が増えた。

それでも母は俺たちのために一生懸命働いてくれていたので、文句は言えない。

華が隣にいることが、俺の支えだった。

学校の行事に母が来られなくても、持ち物や着ているものがショボいと揶揄されても、友達がいなくても、華がいれば耐えられる。

俺たちはお互いに母とゆっくり会えない寂しさを抱えていたから、支え合うことができていた。

いつか自分たちが大人になったら、母を支えて、三人仲良く生きていくのだ。

できる限りの楽観的な未来を思い描いていた十歳の頃、母が交通事故で亡くなった。

夜勤明けでフラフラしていた母の自転車に、信号無視の車が突っ込んだのだ。

連絡を受け、学校から担任に連れられて警察に赴くと、そこには初めて会う祖父母がいた。

それからのことはよく覚えていないが、祖父母が質素な葬式を出してくれたような記憶が微かにある。

そのとき、どこから情報を手に入れたのか、式場に組長がやってきた。

俺と華を引き取る親類がいないことを知り、組長はすぐ自分が引き取ると申し出た。

そして、今に至る。

こっちに来た当初は、正妻の当たりが強く、俺と華は泣いてばかりいた。

学校では「ヤクザの子」といつの間にか知れ渡っていて、遠巻きにされる毎日。

反抗期と思春期も相まって、俺と華は中学生になった頃から泣かなくなっていた。

心に鎖帷子《くさりかたびら》を着せて、強くなるしかなかったのだ。

高校生になると、悪い仲間ができた。

クズみたいなやつしかいない高校に、俺と華は通っていた。華も、俺と一緒にクズとつるんでいた。

どいつもこいつも、自信がなくて虚勢を張っているようなやつばかり。自分と同じようなクズとつるむのはまあまあ楽しかった。

そして十七のとき、華も死んだ。仲間のバイクの後部座席に乗っていて、事故に遭ったのだ。相当ひどい運転だったらしい。

自業自得だと言う正妻に、反論できない自分が歯がゆかった。

悔しかった。寂しかった。

世界にたったひとり、取り残されたような気がした。

『置いていくなよな……』

奇跡的に顔はほとんど無傷だった華の棺に、一粒だけ涙を落とした。

母が愛人でなく、組長と本物の夫婦だったなら。

そうしたら母も華も死なずに済んだのだろうか。

俺は志麻にも子供にも、寂しい思いやつらい思いをさせたくない。させないようにしなくてはならない。

寂しさを見せかけの強さで必死に隠そうとしていた華。

志麻は華とは違う。

彼女は自らの寂しさや不運を泣いて騒ぐこともなく、受け入れていた。

受け入れ、葛藤しつつ、他人を不快にさせないよう、気を配っている。

そんな志麻が本音を見せてくれた瞬間、俺は落ちたのだ。

俺の名誉のために言うが、今まで俺は避妊しなかったことはない。堪えられずに中で出したこともない。

あの夜も、志麻が絶頂に昇り詰めそうになっているのを感じ、彼女から離れようとした。

けれど志麻は、両手を俺の肩に乗せて言ったのだ。

『離れていかないで』と。

切なげな顔で泣きながらそんなことを言われたら、振り払って引きはがすことができなかった。

本人は覚えていないだろうか。だからといって、今回の妊娠を彼女のせいにする気はないけれど。

すべては余命宣告をされた志麻の寂しさにつけいり、自分の寂しさを埋めようとした俺のせいだ。

彼女なら、俺の孤独さえも受け入れてくれそうな気がした。甘えたのだ。

今までの女と違い、志麻は責任を取れとも、付き合ってくれとも、自分からは言わない。執着されないことに焦りを覚えた。

もっと本音を見せてほしい。俺に甘えてほしい。キスをしたときのとろんとした目を、もっと見たい。

惚れた弱みだ。志麻と子供は絶対に幸せにする。

プロポーズした翌日、俺は志麻の部屋を訪ねた。

「というわけで、俺は一般人を装って、君とちゃんとした結婚生活を営みたいと思う」

俺の思い出話を聞いた志麻は、切なげに眉を寄せ、うつむく。

「私たち、似た者同士ですね」

志麻も、母を病で亡くし、父は再婚している。

父の家庭とは疎遠らしく、病気のときも頼れないようなことを言っていたので、おそらく仲良くはないのだろう。

「疎遠だとしても、君のお父さんには挨拶に行っておこう」

「え……」

志麻が不安満載といった顔をした。

「父とはあまり仲良くなくて」

「でも、無断で籍を入れるわけにはいかないだろ」

「城田さんって、案外常識的ですよね」

ヤクザのくせに、と言いたいのだろう。

志麻は困ったような顔で微妙に笑った。

「そうだよ、俺は常識的なヤクザなんだ。仲良くないなら、『勝手にしろ』ってあっさり許してくれるんじゃないか？」

「そうかもしれません」

嫌そうにますますうつむいてしまう志麻。

これはよほど、実家との折り合いが悪いと見た。

出産するにあたり、実家の協力があったほうが志麻にとっていいと思ったが、そうでもなさそうだ。

「あとでごちゃごちゃ言われる前に、さっと済まそう」

行けば行ったで、黙って結婚したならしたで、結局気まずいのだろう。

ならばちゃんと筋を通しておいたほうがいい。

なんだかなあ。誤診のことといい、実家のことといい、俺みたいなヤクザにつかまったり、運のないやつ。

放っておいたら、どんどん不幸になりそうだ。なんとかしてやらないと。

志麻はしぶしぶ、実家に挨拶に行くことに同意した。俺はそんな志麻を抱き寄せ、細い体に腕を回した。

キスをしようと顔を寄せると、彼女は慌てたような表情で、目を閉じた。少しは慣れてきたのか、ほのかに期待するような空気を感じる。

「俺が君を守るよ」

唇を寄せると、志麻の体温が上がっていく。

俺は遠慮なく、彼女の唇を貪った。

新しい家族

城田さんと次の土曜日に挨拶に行くことを、父にメールで告げた。

父は土日休みの普通のサラリーマンなので、承諾の返事はすぐに来た。

一応父とだけ外で会いたいと申し出てみたけど、それに関しての答えはノー。

「久しぶりに家に帰っておいで」という父親らしい文面のメールにため息を吐きかけた。

気軽に帰れない環境にしてしまったのは、誰なの。

そう言うのは酷だとわかっているから、黙っている。

私は麻美ちゃんにアプリでメッセージを送った。

結婚や妊娠のことは言っていなかったので、きっとすごく驚くだろう。

『結婚することになりました。土曜に実家に帰るよ』

ぐでんとやる気なく横たわるクマのスタンプを送った直後に、着信の画面に切り替わった。

「わわ」

出勤途中の電車内だったので、慌てて「拒否」と表示された部分をタップして電源を切った。

会社の最寄り駅で電源を入れ直すと、すぐに着信が。

「もしもーし」

歩きスマホは危ないので、改札を出て人の流れから離れたところで電話を取った。

『結婚ってどういうこと⁉ 志麻ちゃん彼氏いたの⁉』

遠慮なしの大声に、耳がキーンとなった。

「実は……」

麻美ちゃんがいない間にグアムで出会った城田さんの話をかいつまんですると、麻美ちゃんの声がますます大きくなる。

『グアムでワンナイトラブで妊娠して、相手が建設会社CEO⁉』

今度は耳を傷めないよう、スマホを顔から離した。

近くを通った人が迷惑そうにこちらを見ていく。

「授かり婚って、まだお父さんには言えてなくて」

病気が誤診だったことも、自分で連絡するのが億劫で、麻美ちゃんから伝えてもらった。父はホッとしていたという。

『そりゃ言えないわ。心配だから、私も土曜日そっちの実家に行く』

「いいの？」

もし授かり婚であることをあれこれ言われても、麻美ちゃんなら私の味方をしてくれる。しかし問題は授かり婚ということだけではない。

「あの……その建設会社、ヤクザがバックについてるって知ってる？」

『え、そうなの？　全然知らなかった。まさか、志麻ちゃんの相手って』

「うん。そのまさかなの」

『ひえええ。どうしてそんなことになるの。軽くパニックなんだけど』

「ごめん……でも、いい人なんだよ」

予想通りの反応。そりゃあそうなるわ。親戚がヤクザと結婚なんて、驚くし引くよね。

城田さんは黙っておこうと言っていたけど、麻美ちゃんに迷惑がかかってから暴露するのはずるいだろう。

「身内にそういう人がいるってバレたら、みんなの立場が悪くなるよね」

『うーん……。でも志麻ちゃん、その人が好きなんでしょ。とにかく土曜は行くわ』

「うん」

いつもの歯切れよさがなくなった麻美ちゃんは「じゃあ、仕事だから」と電話を切った。

私もスマホをバッグに入れ、早足で歩き出す。

スマホの向こうで、麻美ちゃんが息を呑む音が聞こえてきそうだった。

私のことを心配してくれているのか、もう付き合いたくないと思っているか。

仕方ないよ。大事な人に迷惑をかけてからじゃ遅いもん。

たとえ縁を切られたって、麻美ちゃんには言っておかなきゃならなかった。

考えると泣きそうになるから、前だけを見てずんずん歩いた。


決戦の土曜日。

アパートの前に、一台のセダンが停まった。

「おはよう」

運転席から降りてきたのは、スーツ姿の城田さんだ。

いつもは若干圧を感じるような、ごつい高級腕時計とか指輪をつけていた彼だが、今日は爽やかな大人に見える。前にも見た「きちんとした社会人バージョン」だ。

「エミザイルの人みたいなの、やめたんですか？」

歌って踊れるタレントが多数所属している芸能事務所に、エミザイルという看板グループがいる。

彼らはみんなちょっとやんちゃな雰囲気の顔に筋骨隆々ボディで、ピアスなどのアクセサリーをつけている派手な印象だ。

私の発言を受け、城田さんは声を出して笑った。

「ははっ。そう思われてたんだ」

ヤクザの彼も、テレビは見るらしい。

ちなみに城田さんはピアスはつけない。

ネックレスはちょっと太くてごつめのものをしているのを見たことがあるけど、磁気ネックレスとかじゃなくて、ちゃんとしたおしゃれなブランドものだった。

今はそれも着けていない。

手首にセンスのいい時計をしているくらいだ。

「君と会うときはプライベートだから。仕事で誰かと会うときはいつもこんな感じだよ」

「そうなんですね。素敵です」

「褒められると照れるな」

素直に感想を述べると、城田さんはうれしそうな顔をした。

一方私は、いつもの通勤服とそう変わらない。半袖ブラウスに、ウエストがゴムのスカート。

一応城田さんに会うから、メイクと髪だけはしっかりやってきたつもり。

彼が運転する車に乗り、途中で手土産を買って実家に向かう。

実家は車で一時間くらいのところにあるので、ちょっとしたドライブ気分だ。

「そういえば、城田さんが運転しているところ、初めて見ました」

「え？　ああそうか、いつも山下が運転してるからな」

「山下さんって、城田さんの秘書かなにかですか？」

「秘書！」

ハンドルを持った城田さんが、弾けたように笑った。今日はよく笑うなあ。

「あいつはただの下っ端ヤクザだよ。昼間は別のシノギをしてる」

「シノギ？」

「仕事、みたいな意味。俺や組長の手伝いが主なシノギだな。あいついいやつだから、借金の取り立てとか、シャバ代の回収とか全然できなくて」

うん、たしかに小者感が漂ってるもんね、山下さんって。でも優しいんだ。

バカにしているみたいな口調だけど、城田さんが彼に親しみを持っているのがわかる。

「それともかく、〝城田さん〟ってのはよくないな」

「はい？」

山下さんを思い浮かべていたので、咄嗟に反応できなかった。

進行方向を見たまま、城田さんが言う。

「彼氏を苗字で呼んだらダメだろ」

「ああ！」

そうか、普通付き合っている者同士だったら、名前呼びが多いのかな。

「デキ婚って親世代にはまだイメージ悪いだろうからさ。少しでも仲良しアピールしておかないと」

「なるほどです」

「敬語もなくていいんだけどな。名前だけは下の名前呼びにしようか」

タメ口まで強要されなくて助かった。いきなり敬語をなくすのは難しい。

「賢人さん……で合ってますよね？」

「そうですよ、志麻さん」

赤信号で止まると、賢人さんはこっちを見て突然私の頬をむにゅっとつまんだ。

「あにゃっ」

「ほら、笑え。ガチガチの君より、ふにゃふにゃの君のほうがよっぽどかわいいんだから」

ふにゃふにゃとは……グアムでぐでんぐでんになった私のことだろうか。

泥酔したあとのことは詳しく思い出せないけど、きっとみっともなかったに違いない。恥ずかしい。

信号が青になり、賢人さんはパッと手を離した。

「なんとかなる。大丈夫だ」

低く落ち着いた声が、緊張していた胸にスッと染みた。

もしかして、私の緊張をほぐそうとしてくれているのかな。

「はい」

私はこくんとうなずき、前を見た。

実家は、小さな一戸建てだ。

家の前の駐車スペースには昔、父の黒い乗用車と母の水色の軽自動車が並んでいた。

今は父のものしかない。義母は車に乗らない人だった。今もそのままらしい。

空いているスペースに城田さんの車を停め、私たちは実家の前に立った。

「あっ志麻ちゃん、ちょうどよかった。間に合った」

「麻美ちゃん！」

バス停の方向から歩いてきたのは麻美ちゃんだった。

先日は微妙な反応をしていたので、このままフェードアウトかと思いきや、約束通り来てくれたんだ。

驚き半分、感動半分。

「あ、従妹の麻美ちゃんです。こちらは城田賢人さん」

麻美ちゃんは礼儀正しく賢人さんに頭を下げた。

「はじめまして」

「はじめまして。城田です」

賢人さんは手を差し出す。つられたように麻美ちゃんも手を出し、ふたりは握手を交わす。

「ちょっと」

握手が終わると麻美ちゃんが私の肩を抱いて、賢人さんから二メートルほど離れた。

「爽やかないい男じゃない。全然ヤクザに見えない」

ひそひそと声をひそめる麻美ちゃんの頬が、若干ピンクに染まっている。

どうやら賢人さんの爽やかスマイルにあてられてしまったみたい。

彼は普段はCEOの仕事をしているだけあって、身のこなしや口調もなんとなく優雅。

「普段はエミザイルなんだよ」

「は？」

「なんでもない」

優雅なのは慣れていない人の前だけであって、私の前では気さくでワハハって声出して笑うんだよ。

と思ったけど、声に出したらのろけていると理解されそうなのでやめた。

さて中に入ろうと思ったら、知らないうちに麻美ちゃんが賢人さんの横に立っていた。

「私はあなたの正体を知っています。ですが、基本的に応援していますので、頑張ってください。志麻ちゃんのこと、よろしくお願いいたします」

「応援ありがとうございます。頑張ります」

真剣な麻美ちゃんに、にこやかに答える賢人さん。

まるで握手会に訪れたファンに対応するアイドルみたい。

私たちの前に立った麻美ちゃんが、実家のインターホンを鳴らした。

「こんにちはー、麻美です。そこで志麻ちゃんと会いましたー」

インターホンに向かって話す麻美ちゃん。

「はーい」と義母の声が聞こえ、数秒後玄関のドアが開いた。

「いらっしゃい。どうぞ」

人当たりのいい義母が私たちを中に招く。

パーマをあてた短い髪に、丸い顔。どこにでもいるおばさんといった感じ。

私には「いらっしゃい」じゃなくて「おかえりなさい」でもいいんだけどね。

ひねくれた感想は心の中にしまっておく。

この人とは他人なのだから、お客さん扱いされても仕方ない。

「はじめまして、城田といいます。これ、みなさんでどうぞ」

賢人さんが玄関で義母にお土産を渡す。中身は有名和菓子店の栗入りどらやきだ。

「まあ、ご丁寧にありがとうございます」

義母が笑顔で賢人さんに会釈する。

上げた顔が、少し赤くなっていた。

なんとなく、イケメンの出現にはしゃいでいる感じがして、微妙に嫌な気持ちになる。

いい年した人が若い男の人を見てはしゃぐのがどうこうってわけじゃなく、義母にはせめて父だけを見ていてほしい。

そう思うのはわがままだろうか。

義母について和室に通されると、窓側に父が座っていた。床の間側には偉そうに義兄が座っている。

二つ上の義兄は、やけに痩せていて、髪はボサボサ。服は謎の英語が書いてあるトレーナー。眼鏡が指紋だか皮脂だかで汚れていて、奥にある目が見えない。

一緒に暮らしていたときのいやらしい目を思い出し、視線を逸らした。

自意識過剰と言われるかもしれないけど、それでも人の嫌がることをすんでするのは間違っている。

「はじめまして」

賢人さんは、義母にしたのと同じ挨拶をする。

立ち上がった父は、彼を見て、多めに瞬きしていた。

平凡な娘の私が、こんなに立派な人を連れてくると思っていなかったのだろう。

「志麻の父です。どうぞ、お座りください」

「失礼します」

私と賢人さんは父の向かいに並んで座り、壁側に麻美ちゃんが座る。

「ちょっとお待ちくださいね〜」

義母がバタバタといなくなったと思ったら、キッチンで食器をカチャカチャ鳴らす音が聞こえ、やがてお茶が運ばれてきた。

みんなの前にお茶が出され、義母が父の隣に座ると、やっと父が話し出した。

「ええと、志麻。父さんと母さんに報告があるんだよな？」

促されて隣を見ると、賢人さんがうなずいた。

「この度は、志麻さんとの結婚のお許しをいただきたくて参りました」

結婚の挨拶があると知っていた両親は、さして驚いた風でもなく、うんうんとうなずいた。

「もうひとつ報告があるの。お腹に彼の子供がいます」

「あらっ」

義母が目を丸くした。父も驚いた顔をしていたけど、ひと口お茶を飲んでから呼吸を整えたみたい。

「そうか。びっくりしたけど、めでたいことだね。ふたりは付き合って長いのかい」

この質問に私は詰まった。

「半年ほどになります」

賢人さんが若干盛った。あまり盛りすぎてもボロが出るしね。

それを聞いて、昔から真面目な父の眉間に皺が寄った。

「結構最近なんだね」

うん、まあ……本当はもっと短いんだけどね。

出会ったその日に男女の関係になったなんて知られたら、父は昏倒してしまうだろう。

「はい。出会った瞬間に惹かれた僕が、志麻さんに交際を申し込みました」

僕⁉

ギョッとしているのは私だけで、本人も周りも平気な顔をしている。

「そうかあ……志麻は俺に似なくてよかったなあ」

暗に亡くなった母の影がチラついたのか、義母がほんの一瞬傷ついたような顔をした。父よ、そういうとこだぞ。

「ところで城田さんは、どんなお仕事をなさっているの？」

質問を投げかけた義母は気持ちを切り替えたのか、うっすら笑みをたたえていた。

「建設会社で執行役員をしております」

賢人さんは私がもらったのと同じ名刺を両親の前に差し出した。

「まあ、すごい」

「本当だ。あなたみたいな人と、志麻はどこで出会ったんです？」

名刺を見て目をぱちくりさせる両親に、賢人さんは「旅行先のグアムで」とさらりと答えた。

間にちょいちょい真実を入れると、嘘も現実味を帯びて聞こえるって、どこかの詐欺師だか探偵が言ってたっけ。

「そちらのご両親ともお会いしないといけないわね」

義母のセリフに、ギクッとした。

賢人さんのお父さんは、言わずもがな、極道の組長だ。

「それが、母はもう他界しておりまして。父は仕事で海外に行っており、なかなか帰ってこられず……」

また盛った。

賢人さんのお父さんって、どんな人なんだろう。

うちの両親は会わなくてもいいけど、私はそうはいかない。

怖い人なのかな。怖いに決まっているよね。組長だもん。

組長はこの結婚のこと、どう思っているのか。

考えると震えそうになるのでやめた。

一生の付き合いになるのだ。今さら怖がってどうするの。

「そうなんですか」

「じゃあ、結婚式はどうしましょう?」

賢人さんのおかげで、どんどん話が進んでいく。

ちょっと戸惑うけど、両親は基本結婚に反対する様子はなさそう。

「志麻さんの体が安定期に入るまでは心配なので、今すぐには考えていません」

「じゃあ、出産後かしら。できればやらせてあげたいわよね」

「うん、そうだな。でもそれはふたりが決めたタイミングでいいんじゃないか」

「それもそうね」

父と義母は長年連れ添った夫婦のように、仲良く話している。

私がいなくても、義母がいれば父は大丈夫だ。そう感じることができた。

「ちょっと俺にもその名刺見せて」

節くれだった指が不躾に、義母の前に置いてあった名刺を奪った。

麻美ちゃんが顔を引き攣らせてその主……義兄を見る。

「こら浩《ひろし》、失礼よ」

人の名刺を指でつまんで奪うなんて、社会人ならありえない。

それもそのはず、義兄は三十近いのに働いていないニートなのだ。

大学は行っていたが、就職活動で失敗し、その後数年引きこもっている。

義兄は汚い眼鏡越しに名刺を見て、眉を顰めた。

「へえ〜。この名刺をチラつかせれば、バカな女が山ほど寄ってくるだろうねえ。それにしても、交際半年も経ってないのに妊娠させるなんて不誠実だな」

まったく空気を読まない大きな声に、場の空気が凍り付く。いや、私たちを攻撃しようとして、わざとそうしているのか。

「浩、やめなさい」

「これからも遊ぶと思うよ。こんなにモテそうなのに遊ばないほうがおかしいでしょ。絶対ろくでもない男だよ」

麻美ちゃんが思い切り顔をしかめる。

私も麻美ちゃんも、よく知りもしない他人のことを決めてかかる義兄が大嫌いだ。よくテレビやパソコンを見て、芸能人を批判したりしている。こういう人がＳＮＳで誹謗中傷とかするんだわ。

「羨ましいだけでしょ」

麻美ちゃんが思い切り眉を顰めて低い声で言う。

「そんなことないよ。僕は恋愛とか結婚とか、だるいからしないだけ」

「なんもしたことないのに、なんで決めてかかるの。バカなの？　モテない言い訳じゃん」

「なんだとっ」

「やめてっ、浩っ」

義兄が声を荒らげ、義母がうろたえる。麻美ちゃんは腕組みをして義兄をにらみつけた。

「まあ、人の気持ちは表には見えませんから。僕は気にしていませんよ」

平気な顔でしれっと言う城田さん。

けれど両親の顔は青ざめたままだった。

「ひとり暮らしなんかさせるからこんなことになるんだよ。この名刺も本物なのかわからない。きっと騙されてるんだ」

「CEOの名前は会社のホームページにちゃんと載っていますよ」

わあわあ喚く義兄に、城田さんが反論した。

義兄は就職活動に失敗した頃から、自分が間違っていることを指摘されると、こうやって声を荒らげる。

一年経ってみんながあきらめたとき、義母は私に言った。

『私たちになにかあったら、浩をお願いね、志麻ちゃん。兄妹なんだから助け合うのよ』

つまり、働かない義兄の面倒を私に見ろと言うのだ。

「本当に社会的地位が高い男なら、ブスで頭もよくない、こんな子を相手にするわけないだろ！」

義兄が遠慮なく私を指さす。

賢人さんが私を相手にするわけない。それは私だって散々思ってきた。

でも彼は私を受け入れてくれた。

反論しようとした瞬間、賢人さんが髪をかきあげた気配を感じて、隣を向く。

「……つうか、俺のことはなんて言われても構わねえけどよ」

がらりと声音を変えた賢人さんに、みんなが注目する。かきあげた前髪の間から見える目が、凶暴に光った。

「志麻のことを侮辱するのは許さねえ」

穏やかな空気が一変、触れた者すべてを切り裂くようなオーラが賢人さんの全身からほとばしった。

「賢人さん……」

彼が怒っているのを初めて見た。

私のことを侮辱されて怒る彼の威圧感は、一般人とはかけ離れている。

「ひっ。ほら、見てよ母さん。こいつおかしいよ」

義兄は青ざめ、義母に助けを求める。

父も義母も、豹変した賢人さんから後ずさりそうな顔をしていた。

「ねえ、あなた。どうするの」

「ええと……。志麻、この話はちょっと保留にしよう」

義母につつかれ、父が額の汗を拭って私を見た。

「一度うちに帰っておいで」

「どうして？」

尋ねると、父は苦虫を噛み潰したような顔で唸るように話す。

「彼が本当に志麻を大切にしてくれるのか、疑問だからだよ。世間ではＤＶとかいろいろ聞くし」

私は黙って父の話を聞いていた。

つまり、今の彼からＤＶの気配を感じるってことね。

でも、彼を怒らせたのは義兄だ。

父が私を侮辱されたことより、義兄に挑発された賢人さんに怯えていることが、どうしようもなく悔しい。

唇を噛んでうつむく私に、義兄がたたみかける。

「子供はあきらめて、一回家に帰ってくるしかないね。放置してたらまた変な男につかまるよ。僕は義妹の警察沙汰に巻き込まれるのはごめんだね」

は？　警察沙汰？　自分で怒らせておいて、賢人さんが私に暴力を振るう人だと決めつけている。許せない。

「志麻ちゃんが心配ってことよね、浩。ここならみんなで守ってあげられる。帰ってきなさい、志麻ちゃん」

義母の猫なで声が私の神経を逆なでする。

この人たち、いったいなにを言ってるの？

「いい加減にしなさいよ。子供がいるのよ。あんたたち、志麻ちゃんに愛する人との子供を殺せっていうの？」

麻美ちゃんが勢いよく立ち上がる。

「おじさんもあんたたちも、結局自分のことしか考えてないじゃない。特にそこのニート、あんたが災いそのものよ！」

びしっと人差し指でさされた義兄は、ぽかんと口を開ける。

「あんたがいやらしい目で見るから、志麻ちゃんはこの家を出たのよ。おじさんたちだって、わかっていたはずだわ」

怒りに任せて、麻美ちゃんがぶっちゃける。

そう、私がまだこの家にいたとき、義兄はハプニングを装って私のお風呂や着替えをのぞこうとしたり、すれ違いざまに触ってきたりしていた。

誰にも言えなくて、麻美ちゃんだけに相談していたのだ。

当時、彼女は激怒して実家に乗り込んでこようとしたけど、私が止めたのだった。

父のため、新しい家庭を壊したくなかった。将来私が出ていけばいいと我慢していたけど、今思えば間違いだったかもしれない。

「志麻ちゃんに帰ってこいって言うのも、自分たちが死んだときにニートの面倒見させたいからでしょ。ふざけんなよ。どうして他人の面倒、志麻ちゃんが見なきゃいけないのよ。お前が働けよ。働いてもないのに他人のことバカにすんな」

「あの、麻美ちゃん」

「志麻ちゃんはこの家にいないほうが幸せになれる。断言する！」

大声で怒鳴るように言い放った麻美ちゃんの迫力に圧され、しばらく誰も口をきけなかった。

本当のことを言われて真っ赤になった義兄がわなわなと震える。

「麻美ちゃん、これはうちの問題で」

真っ青になった父のほうに、麻美ちゃんが鬼の形相で振り返る。

「おじさんがこんな親子と再婚するから志麻ちゃんが不幸になるのよ。大事なときに守ってくれない父親なんかいらないわ」

「なんて失礼な子なの」

今度は憤慨した義母に矛先が向いた。

「あんたの息子よりはよっぽどマシよ。志麻ちゃんに頼るより先にやることあんでしようよ、寄生虫親子が」

「なんだとぉ」

義兄がもやしみたいな体を揺らして立ち上がる。

「もうやめて！」

私は叫んだ。

もうたくさんだ。

「私は彼と生きていきます。もうここには来ません。絶縁してくださって結構です」

「そんな志麻ちゃん、そう言わないで……」

「父に言っているんです。他人が口を挟まないで」

下手に出てきた義母を言葉で切り捨てた。

私はあなたたちの面倒なんて、絶対に見ない。

私の孤独を顧みてくれなかった父も、父の孤独に取り入った義母も義兄も、私の人生にはいらない。

「口が悪いかもしれないけど、一生懸命私のことを愛してくれる。私はそんな賢人さんについていきます」

席を立ち玄関に向かう私を、賢人さんと麻美ちゃんが追いかけてきた。

「いいのか、志麻」

玄関で靴を履く私を支え、賢人さんが囁く。

家の中から、義兄のヒステリーな喚き声が聞こえてきた。

「いい」

思い切って外に出ると、新鮮な空気が家の中で纏わりついたよどんだ気を吹き飛ばしてくれるような気がした。

とにかく実家の前で立ち話もなんなので、私たちは賢人さんの車で麻美ちゃんを家まで送りながら帰ることにした。

「ほんっと腹立つわあの親子」

「君、ヤクザより怖いな。うちの組にスカウトしたいくらいだ」

賢人さんはバックミラーで後部座席の麻美ちゃんを見て苦笑する。

たしかに、さっきの修羅場で誰より怖かったのは麻美ちゃんだ。

「赤ちゃんをあきらめるなんて簡単に言うから、許せなくて」

麻美ちゃんは言いすぎたと反省しているのか、長い髪をくしゃくしゃとかき乱す。

「君が反省することはない。俺が地を出したからいけなかった」

「違います！　私はあなたが本当に志麻ちゃんのことを好きなんだって感じて、逆にうれしかったです」

ぽりぽりと頭をかいていた賢人さんが、目を丸くした。

「麻美ちゃん、ありがとう。私の味方は麻美ちゃんと賢人さんだけだよ」

「志麻ちゃん……」

どちらも私のために怒ってくれた。愛しか感じなかったよ。

「もし迷惑じゃなかったら、これからもときどき連絡取り合っていい？」

「もちろんよ！　婚姻届の証人欄だって書くし、出産祝いも贈るわ」

どんと胸を叩いた麻美ちゃんが頼もしくて、私は笑った。

賢人さんの車は麻美ちゃんを送り届け、私のアパートへ向かって走り出す。

「いい従妹だな」

「はい」

麻美ちゃんにはああ言ったけど、今後はあまり関わらないほうがいいだろう。

誰にどう思われてもいいけど、麻美ちゃんだけには迷惑をかけたくない。

「ちょっと寄るか。腹減っただろ」

途中で、大通り沿いにあった喫茶店に入る。

興奮している間は忘れていたけど、落ち着いてきた途端に空腹を感じた。

お腹が空くと、気持ち悪くなる。

席に案内された私は、カフェインレスコーヒーとエビカツサンドを注文した。

「それにしてもあの義兄だっけ？　ありゃあクセ者だな」

ブレンドコーヒーを飲んで小さなため息を吐く賢人さん。

「もう他人ですから、気にしないでください」

「そうはいかない。君から父親を奪ってしまった。すまないな、こっちの世界に巻き込んで」

他の人はともかく、父は私の実父だ。

縁を切ると口で言うのはたやすいが、現実ではこれからまったく関わらないというわけにはいかない。

でも、いいんだ。

「私はあの家族より、ヤクザ一家のほうがいいって思ってます」

「ええ？」

運ばれてきたエビカツサンドは、私の両手でもまだ足りないくらいの大きさ。

三つに切られたそれを、大きな口を開けてわしっとかぶりついた。

負けるもんか。

そもそもうあの家は、私がお母さんと過ごした家ではなくなってしまったのだ。失ったものは数えるな。私にはお腹の子供がいる。

「強がるなよ志麻。お父さんに味方してもらえなかったのがつらいならそう言っていいんだぞ」

「強がってなんていません。私はあの依存症家族より、あなたのほうがずーっと好きです！」

お互いに自立できなくて、依存し合っている家族。

あの人たちが、賢人さんや私のことをとやかく言う権利なんてない。

賢人さんはＣＥＯとして立つのに、血の滲むような努力をしてきたはずだ。

正妻の息子が亡くなってから、周囲からのプレッシャーに耐えてここまできた。

そして、私を守るために敵を威圧した。それだけ。

なにもしないで家に引きこもっているやつより、よっぽど立派じゃないの。

「君ねえ、そういうことはもっとムードがあるところで言いたまえよ」

賢人さんがナポリタンをフォークでくるくるしつつ、苦笑いを浮かべる。私はエビカツサンドをむしゃむしゃと咀嚼した。

「今までひとりでよく頑張ったな。これからは俺が守ってやるから、安心しろ」

ぐりぐりと頭をなでられ見上げると、賢人さんが目を細めて私を見ていた。

私を褒めたたえるような、いたわるような温かい視線に、凍っていた心が溶かされる。

雫が目から零れ落ちそうになり、私はそれを必死で耐えた。

「とりあえず、早く一緒に住んだほうがいいな。俺のマンションに来るか？」

ナポリタンを食べてから、賢人さんが提案した。

「マンション？　組長さんと一緒に住んでないんですか？」

「CEOの住所が、鵬翔会組長と同じ住所だとまずいだろ」

「ああ……」

彼の建設会社では、バックに鵬翔会がいると知らずに勤めている人も多いのだろう。

私も知らなかったし、普通に検索するだけでは出てこない。

だけど、興味本位でCEOの住所を探る人がいるかも。

社内ならいくらでも住所を知る手段はあるし、地図アプリで住所周辺の写真を見ることもできる。

「組長は大きな日本家屋に住んでいるんだ。近所では有名だし、目立っている」

「なるほど」

「俺のマンションは本当に普通のマンションだから、探られても大丈夫。そうしよう」

探られても……って、そうか。

私が勤める会社に新しい住所を確認された場合も、鵬翔会と関係があると思われないほうがいいってことか。

賢人さんは私のことをちゃんと考えてくれている。

自分がヤクザの子だからと、遠巻きにされてきたからかな。

「ほら」

彼は自分のスマホの画面を私に見せる。

そこには地図アプリに表示された、彼の住まいが。

「うわ、収まってない」

写真では全体が収まりきらない、抗争ならぬ高層マンション。ヤクザ感はない。

「君の職場からもそう遠くないと思うけど。ま、山下に送迎させりゃいいか」

たしかに住所的には、通勤可能だと思われる。

「地下鉄で行きますよ」

パンチパーマの山下さんに送迎してもらったら、目立ってしまう。

「そうか。でも妊婦なんだから無理するなよ。いつ辞めても構わないからな。じゃあ、引っ越しの日はいつにする？」

着々と同居の話を進めていく賢人さん。

「ちょっと急ぎすぎじゃないですか？　もう少しじっくり決めても」

「まごまごしてたら子供が生まれちまうだろ。それに、諸々の手続きをしてから住所が変わると、また面倒くさくないか」

私はハッとした。

そうだ。婚姻届を出すだけでは結婚の手続き終了とは言えない。

通帳やら免許証やら、マイナンバーカードやらの変更手続きが面倒くさいと聞く。名前を変えたあと、また全部の住所変更をするの、やだ。

「そうですね！」

面倒くさいことは一度で終わらせたい。

勢いよくうなずいた私を見て、賢人さんはクスリと笑った。

次の日、本当に婚姻届に麻美ちゃんのサインをもらった私たちは、役所に向かった。日曜日なので、時間外窓口で書類を提出する。

賢人さんのほうの証人は、『城田銀二《ぎんじ》』。お父さんであり組長さんだ。

ちなみにうちの父からは、帰ってからなにも連絡はなかった。絶縁してもいいってことね。

自分でそうすると言ったことだけど、正直気分はよくない。気にしないように自分に言い聞かせる。

「これで俺たちは夫婦になったんだな」

「ですね」

後日住民票を取れば、一緒の戸籍に入ったかどうかがわかる。

私は城田志麻になったわけだけど、まだ実感が湧かない。

「お父さんにもご挨拶に行かないとですね」

「ああ。どんな子が来るか楽しみにしているよ。組長と予定が合ったら連絡する」

帰りにレストランで食事をし、私を家まで丁寧に送り届けてくれた城田さんは、帰り際に触れるだけのキスをした。

私が妊娠しているからか、あるいは忙しいのか、あっさりしたものだ。

もう少し一緒にいたいな。

もっと賢人さんのことを知りたい。

「仕方ないよね。ダブルワークだし」

お風呂に入っているとき、独り言が滑り出た。

賢人さんはCEOとヤクザ業をかけ持っている。だからうちでまったりしている暇はないのだろう。

もしや、持て余した性欲を他で発散しているのでは……？

一瞬恐ろしい想像が頭をよぎり、お湯でバシャバシャと顔を洗った。

そんなことない。彼を信じろ。

そうだ志麻、根拠もないのに浮気を疑っている暇はない。これからが大変だぞ。

城田志麻になった私は、免許証から保険証から、すべての名義を変更しなくてはならない。

グアムに行くときに無理に有休を取ってしまったので、個人的な用事で平日に休むのは気が引ける。

「やーだなー……」

どうして苗字が変わったほうだけが、面倒くさい手続きをしなきゃならないのか。

ＳＮＳではよく見る話題だったけど、本当にやることがいっぱいでくじけそう。

いやでも、結婚はうれしい。

なにせあの共依存家族と別の苗字になれたのだ。

賢人さんも早く一緒に暮らせるように考えてくれているみたいだし、嫌なことはない。

ただ、会社に結婚の報告をして保険証を作り変えるのがな～。

グアムに行っただけであれこれ言われたので、授かり婚だと周りに知られた日にはまた格好のネタになるだろう。

「もー、やめやめっ」

先のことを想像して不安になるなんて、一番無駄な時間の使い方だ。

私はお風呂から出て、念入りにスキンケアをした。

賢人さんにいつまでも愛されるような女性になりたい。

ムリヤリ前向きな方向に自分を持って行くのも大事よね。

妊婦でも大丈夫なストレッチをし、早く眠るために布団に入った。


火曜日。

昨日の月曜に半休を取り、諸々の手続きを終えた。

我ながら妊娠中なのによく動けたと思う。

鞄の中には、お守りのように母子手帳が入っている。

手帳をもらうときにマタニティマークももらったけど、いきなり通勤用のバッグにつける勇気が出なかった。

転ばないように気をつけ、満員電車でお腹をかばいつつ、なんとか会社に着く。

午前の仕事が落ち着いたときを見計らい、私は人事部に急いだ。

「まあ、おめでとうございます」

結婚したから各種の届をしたいと申し出ると、応対してくれた若い女性社員が頬をほころばせる。

書類が入った封筒を持ってデスクに戻ると、いきなり川口君から声をかけられた。

「広瀬、お客様から電話があったからかけ直して」

「あっ、ありがとう」

デスクの上には、川口君が書いたメモが残っていた。

すぐに電話をかけ直し、用件を聞いて受話器を置く。

この前私が発注をミスしたお客様から、別のアパートの改装についての相談だった。

要はこの前迷惑をかけたのだから、安くしてくれということらしい。

見積もりを出して送付するということで話は落ち着いた。

「そうだ、課長」

上司に結婚の報告をしておかねば。

私は大事な話があるといい、課長を面談室に誘った。

半透明のパーテーションで仕切られた面談室で、私は結婚したことと妊娠していることを課長に告げた。

「それはまた急だけどおめでとう。よかったね」

「ありがとうございます」

「じゃあいつから産休に入るか人事に確認して、またお知らせするよ」

「検診などで平日休む日があるかもしれませんが、よろしくお願いいたします」

嫌味を言われるかとヒヤヒヤしていたが、課長はあっさりとうなずいた。

「それはグアム旅行と違って必要な休みだから、早めに言ってくれれば大丈夫。体を大切にね」

課長は三十五歳でお子さんがふたりいる。

奥さんが妊娠していたときのことを思うのか、意外にもその視線は優しかった。

グアムに行ったことはチクリとやられたけど、妊娠のことは喜ばしいと思ってくれたみたい。

ホッとしてデスクに戻り、仕事の続きをした。

次の日出勤した私は、周囲の視線が突き刺さってくるのを感じた。明らかに昨日と違っている。

もしや、結婚報告の件が課長からみんなに伝えられたのだろうか。口止めしなかったし、それは別にいいんだけど……。

「広瀬、ちょっと」

デスクに座った途端、川口君が話しかけてきた。

昨日課長と入ったばかりの面談室に呼ばれ、しぶしぶついていく。

「課長から昨日、こんなメールが回ってきた」

テーブルの上に、川口君が紙を広げる。

のぞき込むと、それは社内メールをわざわざプリントアウトしたものだった。

『件名：★サプライズ★

本文：うちの課の広瀬さんが結婚して城田さんになりました。挙式の予定は今のところないそうですが、お祝いをしたいと思います。ひとり千円、今週中に私まで。よろしくお願いいいたします』

ふうっと口から魂が出ていくような気がして、思わずのけぞった。

課長〜！　ありがたいけど〜！

いや、よく考えたら隠しようがないもんね。早いうちにカミングアウトしておいてよかったのかも。

それはそうと、川口君の心境を考えると気が遠くなる。

彼は一応、私を好いていたのだ。このメールを見たときはそれはびっくりしたに違いない。

「結婚すんの？」

冷静に見える顔が、逆に怖い。

「うん。て言うか、したの」

課長のメールにもちゃんと過去形で書いてある。

「いつから彼氏いたの。もしかして、グアムも彼氏と行ったの？」

「ううん、グアムは従妹と行ったの」

彼氏がいたことはない。

賢人さんは彼氏をすっとばして夫になってしまった。

質問攻めしてくる川口君に、私はゆっくり説明する。

「お見合い……みたいな？　最近知り合った人と意気投合して、それで」

「えー、なんだよそれ。ずりぃ」

川口君はメールのプリントを小さく折りたたみながら、恨むように私をのぞき込んだ。

「俺は入社してからずっと広瀬のこと見てきたのに。全然気づいてくれないと思ってたら、他の男にかっさらわれるなんて」

拗ねたように口を尖らせる川口君に、なにも言い返せない。

私が彼の立場だったら、結婚するならすぐに教えてほしかったと思うだろう。

彼はいつも私を気にかけてくれていたのに、私は病気のことも、賢人さんのことも、ひとことも話さなかった。同期としてもそれは寂しいことだろう。

「ぼんやりしている広瀬が速攻で結婚を決めるって……やっぱり妊娠してんの？」

川口君がずばりと斬り込んできた。

彼は最初から、それを確認したかったのかも。

つわりで吐いて三島さんに「おめでたでは？」って言われたのを聞かれて、すごく変な雰囲気になって。

あれから彼は、仕事中は普通に接していたので、もうどうでもよくなったのかと思っていた。

でも心の中では気になってモヤモヤしていたんだろう。

「うん。ちゃんと検査したら、してた」

こくりとうなずくと、川口君は目を見開いて絶句した。

疑ってはいたけど、私の口からハッキリ聞かされたのがショックなのかな。

「まだ安定期入ってないから、あんまり人には言わないで。課長には話してあるけど」

「……そっか。そっかあ」

川口君は返事になってない呟きのような声を漏らし、髪をかき乱した。

「うん、もう仕方ない。俺をフッたんだから、絶対幸せになれよ、広瀬。じゃないや、城田」

首を強く振り、くしゃくしゃになった髪を整えながら川口君が言った。

「ありがとう」

ごめんね、と出かけた声を飲み込んだ。

謝るのは違うような気がするから。

川口君はポケットに畳んだ紙を突っ込み、面談室を出ていった。

金曜日になると、課のみんなに妊娠のことが知れ渡っていた。

「デキ婚だってね」

「おとなしい顔して、意外とやるね」

コソコソ言い合う女性社員の声が、休憩中の私と三島さんのテーブルまで聞こえた。

顔を見なくてもわかる。

同じ課で川口君を狙っているひとつ上の先輩たちの声だ。

普段から川口君とよく話していた私が気に食わなかったのだろう。

「聞こえていないつもりですかね。醜悪です」

先に事情を聞いていた三島さんが、クイと眼鏡を上げる。

「私は大丈夫だよ。三島さん、迷惑だったらお昼別々に……」

「いいえ、私も平気です」

三島さんは本当に平気そうな顔で、静かに箸を運ぶ。

「私の姉も授かり婚でした。周りにはすぐに離婚するんじゃないかとか、だらしないとか、いろいろ言われましたけど、今も家族仲良く暮らしています。気にしなくていいです」

「そっか……ありがとう」

長く付き合ったカップルが先に妊娠して結婚を決めるのと、ワンナイトラブでそうするのとではまた条件が違うだろうけど、三島さんの話は私の気持ちを落ち着かせてくれる。

なんとかなると思うしかない。

「あ、諸悪の根源」

素直すぎる三島さんが、遠くからコンビニの袋を提げて休憩室に入ってきた川口君をにらむ。

「あはは……ま、人の口に戸は立てられぬってね」

彼はオフィスでもいつも通りの顔をしている。

どうせお腹が出てきたら明らかになることだけど、心にしまっておいてほしかったな。

課長はメールでも妊娠のことに触れていなかったので、言いふらしたのは川口君だろう。

普通は課長みたいに、安定期に入るまで言いふらさないものだ。

「ああいういい人ぶった人間に裏切られると、人間不信に陥りそうになります」

三島さんの言葉に、「そうだね」とうなずいた。

ここ最近、人に裏切られてばかりだ。

でも川口君からしたら、裏切ったのは私のほうなのかもしれない。

彼が思い描いていた私はきっと、出会ったばかりの人と子供を授かって結婚するタイプの女性ではなかったのだ。

私たちはお昼を済ませると、すぐに休憩室を出た。


午後も黙々と仕事をこなす。

前はあんなに話しかけてきた川口君も、さすがに必要最低限以上の会話はしなくなった。

そりゃあ妊娠のことを言いふらしたんだもの、気まずいと思ってもらわないと困る。

前と同じように接してきたら、それはそれで自分のしたことをなんとも思っていないようで怖い。

まあ、川口君が言いふらしたって根拠もないんだけどさ。

モヤモヤしたまま仕事を終え、ひとりで会社の外に出る。

あー、ヤクザも怖いけど、普通の会社員もじゅうぶん怖いわ。

人の噂も四十九日じゃない、七十五日って言うし、鈍感になって乗り越えよう。

「ケーキでも買って帰ろうかな」

自分のご機嫌は自分で取らないとね。

うつむいていた顔を上げた私は、「あっ」と声を上げた。

「お疲れ」

なんと、目の前に賢人さんがいる。

いつの間に？　どこから出てきたの？

「お、お疲れ様です……」

彼の顔を見たら、張り詰めていた気が緩んで、涙が出そうになった。

私の人生敵だらけだけど、賢人さんだけは味方だと信じたい。

「迎えに来たんだ。一緒に来てもらおうか」

「どこへ？　お食事ですか？」

ヤクザっぽい言い回しにも、普通に対応できるようになってきている。

尋ねた私に、賢人さんはニッと歯を見せて笑った。きれいな歯並びだ。

「それはまだ言えない」

「ふふ、そうですか」

いったいどこに連れていかれるのか。

最初こそ怖かったけど、今では賢人さんを信用している。

私たちは並んで歩き出した。

すぐ近くの道路に、見覚えのある黒いワゴン車が停まっている。

また路駐してる。いけないんだ。

「お疲れ様です、姐さん！」

ワゴン車から降りてきた山下さんが私に向かって頭を下げる。

姐さんって。その筋の人しか使わない言葉なのでは。

キョロキョロと周りを見ると、賢人さんが低い声で唸るように言った。

「山下、まだ志麻の会社の近くだぞ。やめねえか」

「へいっ。すみません、姐さん」

「だからやめろって。まったくお前は気が利かねえな」

賢人さんは大柄な体躯で私を隠すようにして、後部座席のスライドドアを開けた。

私には優しいけど、山下さんと話すときはちょっと乱暴な言葉遣いになるのね。

手早くドアを閉め、彼は運転席の山下さんに「出せ」と命令した。

後部座席の窓はスモークガラスになっていて、暗い場所では外が見にくい。

そのせいか、本当にどこに向かっているのかわからなかった。

「元気ないな」

見えもしない窓の外をぼんやり眺めていた私に、賢人さんが声をかける。

手を握られ、賢人さんの膝の上に置かれた。

「つわりがつらいか」

「いえ……大丈夫です」

「じゃあ、仕事がつらいか？　疲れたような顔をしている」

直球を投げられ、私は苦々しい笑顔で返してしまった。

「実は、職場の人間関係がよくなくて」

「そうなのか。よし山下、志麻の同僚を全員ドラム缶に入れて海に沈めるぞ」

「合点承知！」

いきなり不穏な用語のオンパレード。

しかも山下さん、承知しちゃったし。

「ダメですよー。ほら、マタハラってあるじゃないですか。あれじゃないですけど、妊婦ってやっぱり周りに気を遣わせたりするから、いろいろ言う人がいて」

デキ婚だと揶揄されたことは言わないでおいた。賢人さんが負い目を感じたりしたら嫌だから。

「嫌なら辞めていいんだぞ。今から優しくないやつらは、育休中も復帰後も、ずっと優しくないと思うが」

「やめてください……リアルですよそれ……」

賢人さんの言う通りだと思う。

今から勝手な噂でなんやかんや言う人は、私がどれだけいい仕事をしようが、なにをやろうが、全部にケチをつけたいに決まっている。

育休中も復帰後も、そういう人がいきなり親切になるとは考えにくい。

「次期鵬翔会組長の奥様なんですから、組の仕事もしてもらわないと」

「お前は口を挟むんじゃねえ」

舌打ちしそうな勢いで顔を歪めた賢人さん。山下さんは「へい」と返事をして黙った。

「組の仕事って?」

「組長や若い衆の世話くらいかな。言葉にできない些末なことがいろいろあるだろうけど、組長と一緒に組をまとめるのが姐さんの役割だ」

「へえ」

ってことは、姐さんは若い衆のお母さん的存在なのかな。ちょっと違うか。

「志麻はそんなことやらなくていい。今の仕事を辞めて、別の仕事をしてもいい。続けるのも自由。専業主婦でも歓迎。お、そろそろか」

「へい。着きますよ、姐さん」

やっぱり姐さん呼び。

辺りはすっかり暗くって、外がほとんど見えない。

停まった車から、賢人さんの手を借りて降りると……。

「ど、どこですかここ」

目の前には豪華な日本家屋。

堅牢な門の向こうに、松の木と瓦屋根が見える。

ただの料亭などではない証拠に、駐車場から門までが長い。

十メートルほどの石が敷かれた通路の脇に、ずらっとスーツ姿の男の人が並んでいた。

「おかえりなさいませ」

ドスのきいた声が響いたと思ったら、全員が頭を垂れる。

賢人さんは「おう」と短く返事をし、その真ん中を歩いていった。

私は彼に手を引かれ、並んでいる人たちにペコペコ会釈をしながら進む。

こ、これってもしかしてもしかしなくても……。

門前で賢人さんがインターホンを押すと、電動で門が開いた。

中には枯山水庭園が広がっている。

明らかに、一般人の住宅じゃない。

「賢人さん、ここって」

「鵬翔会組長の屋敷。紹介するって言ってあっただろ」

いたずら成功とでも言わんばかりの顔で、賢人さんがニイッと笑った。なんて悪い顔だ。

「私、心のって言うか、すべての準備が……こんな格好だし」

らくちんオフィスカジュアル服だし、髪も一本に縛っただけだし、メイクも直してない。

ああもう。もっときれいにして会いたかった。

とろんとしたブラウスに、お腹を締めつけないジャンパースカート姿の私は、玄関前で足を止めてしまう。

着物とか着てくるべきだったんじゃ。もちろん持ってないけど。

「気にするな。俺の妻は今日もかわいい」

「漫画のタイトルみたいに言われても……」

「大丈夫ですよ、姐さん！」

賢人さんに手を引かれ、山下さんの声援に背中を押され、玄関をくぐった。

靴を脱いで室内に上がり、案内してくれる山下さんについて廊下を進むと、大きな障子にぶち当たった。

「開けるぞ」

彼がすっと障子に手をかけ、動かした瞬間。

――パンパンパアン！

突如鼓膜をつんざくような銃声が連続して私を襲う。

「きゃあっ」

思わず頭を覆ってしゃがみ込む。

しかしそれ以上、銃声は聞こえなかった。

どこも痛くない。

そっとつむっていた目を開けて顔を上げると、そこには笑顔の男の人たちが。

三角帽子や鼻眼鏡をつけている人もいる。パリピだ。パリピ極道がそこかしこに溢れている。

「おいでなすって、志麻姐さん！」

虚を突かれた私は、しゃがんだまま手を下した。

「はい……？」

目の前に白い紐が降りてきて、それをつまんで引っ張る。

するとぱかっと音がして、頭の上からテープや紙吹雪がパラパラと散らばった。

「くす玉っ？」

周りを見ると、男の人たちが中身が空っぽになったクラッカーを持っていた。

パーティーでよく使う、アレだ。拳銃じゃなかった。

安心して立ち上がった私の肩を、賢人さんが抱く。

柄シャツ率が高い男の人たちの頭上には「若頭結婚おめでとう」と書かれた横断幕が飾られている。

カラフルなガーランドやバルーンまでもが、渋い和室を彩っていた。

宴会場のように広い和室の奥。

床の間の前に、どっしりと座っている男の人がいる。

ちょっと髪が薄く、顔には迫力のある、くっきりしたほうれい線。

着物を着たその人の眼光は、猛禽類のように鋭く私を射貫く。

……間違いない！　組長だ！

気を失いそうになった私は、賢人さんに支えられて組長さんの前に出た。

「組長、妻の志麻です」

「こ、こんばんはっ。じゃなくて、はじめまして！　広瀬志麻です」

腰を折って深く礼をすると、頭頂部に掠れた低い声が降りかかる。

「ああん？」

機嫌の悪そうな声に慄き、顔を上げる。

組長さんは眉間に深い皺を刻んでいた。

ああ……やってしまった。なにが悪かったかわからないけど、組長に嫌われた。

簀《す》巻《ま》きにされて海に沈められる……。

「広瀬じゃないでしょう。もう城田になったんだよな？」

青ざめる私の隣にいる賢人さんに聞く組長。うなずく賢人さん。

「志麻さん、あなたはもうわしの娘だ。どうぞよろしく」

組長さんは不意に笑顔を見せた。

しかし笑い慣れていないのか、「ニチャア」という感じの、悪役のような薄ら笑いになっている。

「は、はい。よろしくお願いいたします、お義父さん」

改めて頭を下げる。顔を上げて見た組長は、どことなくうれしそうだった。

「いい子そうじゃねえか、賢人」

「いい子そうじゃなくて、いい子なんです」

「志麻さん、賢人はわしのじゃねえくらい出来のいい息子だが、なにか失礼なことをしたら言ってください。お灸据えてやりますから」

組長さんの発言を聞いていた構成員たちが遠慮なく笑う。

「自分は愛人いたくせに」

賢人さんが私にしか聞こえないくらいの小声で言うから、冷や汗が出る。

もう、いちいちリアクションしにくいよう、この義実家。

組長さんが据えるお灸ってどんなんだろ。賢人さん、大怪我しそう。

「さあ、今日は宴会だ。気楽に食べて飲んでってください」

よっこいしょと立ち上がった組長さんが、ビールが入ったコップを持った。

「うちの若頭賢人と、かわいい志麻さんの結婚を祝して！　乾杯！」

「かんぱーい！」

「若頭、おめでとうございまーす！」

ドスのきいた祝福の言葉に包まれる。

構成員たちは私と賢人さんを座らせ、せっせと飲み物や食べ物を運んできてくれた。

「悪いな。組長がサプライズパーティーをやるって聞かなくて。うちの若い衆が用意したから、いろいろ足りないだろうけど我慢してくれ」

賢人さんが眉を下げる。

「いいえ、うれしいです。まさかこんなに歓迎してもらえると思わなくて」

構成員のみなさんが、このガーランドやバルーンを飾り、料理を用意してくれたと思うと感慨もひとしお。

みんな暇じゃないだろうに、私と賢人さんのためにこんなにしてくれたんだ。

そんな話をしている間にも、構成員が入れ替わり立ち替わり挨拶に来る。

「俺は、姐さんと若頭の出会いの瞬間を目撃してたんだぞー」

赤ら顔の山下さんが遠くで自慢していた。もうお酒が入っているみたい。

愛人の子であり、本妻の子の不慮の死で若頭に抜擢された賢人さん。

結構微妙な立場なのかと思いきや、ここにいる人たちは賢人さんを好いているように見える。

組長さんも「出来のいい息子」って言ってたし、みんなが彼に一目置いているようだ。

たしかに有能じゃなきゃ、フロント企業のCEOもできないよね。

部屋の奥にあったカラオケマシンで、誰かがエミザイルの曲を歌い出した。

それに乗せて構成員たちがめちゃくちゃなダンスを踊り出す。

それが終わったら漫才が披露され、爆笑していたらいつの間にかビンゴゲーム大会が始まり、最後に大きなケーキが運ばれてきた。

誕生日でもないのに、ケーキの蝋燭を吹き消す。構成員たちが大きな拍手をくれた。

「おう賢人よ、そろそろ志麻ちゃん送ってってやんな。妊婦に寝不足はよくねえ」

「そうですね」

ほんのり頬を赤く染めた組長さんが賢人さんの肩を叩く。

すっかりパーティーを楽しんでいたら、あっという間に三時間ほど経っていた。

宴会の序盤で組長さんに聞かれて身の上話をしていたら、「苦労したんだなあ。わしをオヤジと呼んでくれていいからな。孫のランドセルの金も出してやるから」と頭をなでられた。

顔は迫力があるけど、話してみると、男気のある普通のおじさんだった。

この人がお義父さんだったら、どんなことからも守ってくれそう。

「お義父さん、今日はありがとうございました」

「楽しかったかい」

「はい、とっても」

「そりゃあよかった。またやろうな」

ニチャアと笑う組長さんも、もう怖くない。

「若頭、あれですよ！　忘れてませんか？」

鼻眼鏡をつけた構成員がこそっと賢人さんの後ろから囁く。

「忘れてねえよ。志麻、ちょっと」

「はい？」

彼に支えられて立ち上がると、騒がしかった構成員たちがしんと静まった。

カラオケマシンから、有名ラブソングのイントロが流れてくる。

賢人さんがポケットから小さな箱を取り出した。

「志麻、俺の妻になってくれてありがとう。受け取ってくれ」

彼の指が箱の蓋にかかると、連動して私の鼓動が高鳴る。

ゆっくり開けられた箱の中から光が溢れた。

鎮座しているのは指輪だ。

爪に支えられた大きなダイヤを、メレダイヤが囲んでいる。

見たこともない輝きに、目がくらみそうになった。

これを私に？

黙って瞬きを繰り返す私の左手を優しくとった賢人さんは、指輪を薬指にはめる。

指輪は少し余裕があるくらいで、すっと収まった。

まるで最初からそこにあったみたいに馴染んで……はいない。

突如装着された指輪は、平凡な私に不似合いなくらいのまばゆい光を放っていた。

「ヤクザの女になるって、堅気にはすごく覚悟のいることだと思う。それでも、俺の妻になってくれた」

「賢人さん……」

「どうかいつまでも、俺のそばにいてください」

彼は私の左手を引き寄せ、指輪の影ができた甲に、そっとキスをした。

じいんと胸が熱くなり、涙腺が緩む。

もう私は孤独じゃない。彼がそばにいてくれる。

ぽろりと一粒、涙が零れた。

「喜んで」

涙声で返事をすると、構成員たちから割れんばかりの拍手が沸き起こった。

「新郎新婦の退場だ！」

山下さんが声を張ると、構成員たちが一斉に頭を下げた。

「おめでとうございます、姐さん！」

「またいつでも遊びにきてくだせえ！」

パリピ極道たちに見送られ、私はお礼を言って城田家をあとにした。

社会的に見ると、彼らは悪いことをしている憎まれ者だ。

だけどこうして私を温かく歓迎してくれる彼らのことを、嫌いになれそうにない。

完全に慣れるまでにはまだ時間がかかりそうだけど、ここが私の義実家だと思うと、ちょっと面白いような気がした。

組長だって極道だっていい。

新しい家族ができたことが、単純にうれしかった。

ひとりじゃない

アラームの音で目を覚ます。

今日は土曜。休みなのに、アラームを解除しておくのを忘れていた。

ヘッドボードのスマホに手を伸ばし、アラームを解除しようとする。

しかし、なぜか止める前に音がやんだ。

「おはよう」

アラーム音の代わりに、低く心地いい響きの声が耳に入り……飛び起きた。

「へえあっ⁉」

言葉にならない悲鳴が出た。

なんと、私の横に賢人さんが寝ていたのだ。

ひとり暮らし用のシングルベッドで、相当狭いだろうに、彼は器用に大きな体を折り曲げて横になっていた。

「なんだよ、昨夜のこと忘れたのか？」

賢人さんにぐいと腕を引かれ、私はベッドに沈み込む。

至近距離で目が合って、心臓が跳躍した。

たしか昨日、パリピ極道たちと結婚祝いパーティーをして……。

送ってくれた賢人さんを部屋の中に招き、話をしているうちに寝てしまったのか。

「ど、ど、どうして全裸なんですか」

どこを見ても肌色で、目のやり場に困る。

ハッと気づいて自分の胸元を見ると、しっかり部屋着を着ていた。ホッと安堵のため息を吐く。

「スーツを着てたからだよ」

賢人さんは壁にかけられたスーツを指さす。

そうか、皺になっちゃうし、うちには彼が着られるサイズの部屋着がないものね。

「安心しろ、下は穿いてるから」

そう言われれば、太ももに布が当たっている感触がする。

パンツは穿いてるのね。よかった。

「あはは……」

布越しに当たる立体感のあるものからよじよじと足をどけて背を向けた。

一度しか抱き合わずに妊娠したので、正直、私は男女のことをよく知らない。

賢人さんが人生初めての相手で、じっくり体を見たことも触ったこともないので、こういう接触は本気で照れてしまう。

だけど彼は絶対モテるだろうし、女性のことを知り尽くしていそう。

どうして賢人さんが私のような普通の女性を選んだのか、やっぱり謎だ。

「すみません、気が利かなくて」

彼氏がいるひとり暮らしの女の子は、彼用の部屋着や歯ブラシなどを家に常備しておくものなのだろうか。

私も予測して用意しておけばよかったのだけど、いざこうなるまで気が回らなかった。

「そんなことはいい。こっち向け」

「いえ……恥ずかしいので。あ、服着るまで別室にいます」

ベッドから出ようとすると、彼の長い腕が前に回ってそれを阻止する。

「なんでだよ。俺たち夫婦なのに」

「で、でも」

「俺は見られても平気だよ。もっと見てほしいし、触ってほしい。志麻のことももっと知りたい」

賢人さんの長い指が裾から忍び込んできて、私の胸をやわやわと揉む。

首筋に何度もキスをされ、体温が上昇する。

「小さい耳。こんなに小さかったっけ」

いつもは髪に隠れている耳に、彼が唇を寄せる。

吐息を感じるだけで、ぞくぞくと全身が震えた。

「ふあ……っ！」

自分の口から零れた声に耳を疑った。

私、グアムでもこんな甘えたような声を出していたの？

彼の指が胸の突起を掠める。

びくんと反応してしまった私をからかうように、賢人さんが囁いた。

「かわいい、志麻」

脳の心を蕩かせるような声。

そうだ。私はあの夜も、彼の抗いがたい魅力に身を任せてしまったのだ。

「ごめんごめん、そろそろ起きるか。今日も忙しいしな」

賢人さんの指が離れていき、体中から力が抜けた。

助かった……と思う反面、もう少し触れ合っていたかったような気もする。

口が裂けても、そんなことは言えないけれど。

「忙しいって？」

乱れた服を直し、さっとベッドから降りた。

上半身を起こした賢人さんは、当然のように言う。

「だって、俺の部屋に来るんだろ？」

新住所をとりあえず彼の部屋にすることは相談済み。

「はい。で？」

「だから今日、引っ越しするんだ」

「えっ！　それはさすがに」

今のアパートの解約とか、荷物の梱包とかいろいろあるし。

「大丈夫、伝手がある」

そう言いながら、賢人さんはスマホでどこかに電話し、段取りをつけていく。

一時間後、引っ越し屋さんが来た。私は座っているだけでよかった。

謎の私服スタッフたちが、私の少ない家財道具をまとめ、手際よく引っ越しが行われていく。

「めちゃくちゃ速いですね。なんていう業者さんなんですか？」

「極道専門だから、ネットには載ってない」

「ひえっ」

一般人の引っ越しはしない業者さんだったか。

でも極道専門って？

私の疑問を感じ取ったのか、賢人さんが説明を補足する。

「本当は、住所を知られたくない客専門なんだよ。芸能人とか」

「なるほど」

ヤクザ幹部も敵対する組織に住所を知られたりしないほうがいいものね。

バイトが多いメジャーな業者より、情報漏洩の危険が少ないってことか。

昼頃、私は空っぽの部屋に別れを告げ、無断駐車してあった賢人さんの車で彼のマンションに向かった。

こんなに急に引っ越していいものなんだろうか。

以前の私だったら、絶対に拒否していた。

でも今は、早く彼の元に行きたい。

新しい環境で新しい生活をスタートしたい。

過去の自分を捨て去るように、私は住居を捨てた。

アパートから賢人さんのマンションまでは、車で三十分ほどかかった。

「ほわ～……」

思っていたよりもさらに広々としたマンションの天井を見上げる。

今まで住んでいたアパートも、実家の一戸建ても、ここに比べたら犬小屋レベル。グアムで一夜を過ごしたスイートルームと同じような広さと夜景が見えるリビング。

「これはすごい」

これでもエクステリアを扱う会社員の端くれ、家の良し悪しはわかるつもり。結構いい材料を使っている。

家具はあれもこれも外国の有名家具メーカーのものだけど、無駄にきらびやかには見えず、すっきりとまとまっていた。

リビングの奥に三部屋と浴室、クローゼットがある。収納もたっぷりだ。

私のベッドやその他の荷物は、空いていた奥の一室に収納された。そこだけで、今までいたワンルームのアパートよりも広い。

「気に入ったか？」

「気に入るなんて、おこがましいです。私にはもったいないくらい」

賢人さんと出会うまでは、こんなマンションに自分が住めるようになるとは思いもしなかった。

私は自分の母のように、平凡な家で平凡な生活をしていくものだと思っていた。

「それにしては、うれしくなさそうだ」

彼は膝を曲げ、私の顔をのぞき込んで鼻をつついた。

「そ、そんなことないです」

ただ、自分を取り巻く環境が一気に変わりすぎて、ついていけないだけ。

「俺は君が来てくれてうれしいよ。早く一緒に住みたいと思っていた」

「本当ですか？　邪魔じゃないですか？」

私もひとり暮らしだったから、その気楽さがよくわかる。

いきなり他人を招き入れる彼のほうこそ、戸惑いはないのだろうか。

「邪魔なわけないだろ。好きな人と一緒に暮らせるのに」

至近距離で見つめられ、目を逸らせなくなる。

好きな人。

それって、私のこと……。

胸が炙られたように熱くなる。

「君は違うか。寂しいものだ」

彼の言葉を噛みしめていてリアクションできなかったからか、賢人さんは残念そうにため息を吐く。

「違わないです！　私も賢人さんのこと、す、す、好きですっ」

そうじゃなければ、結婚なんてしない。

ううん、きっと初めての夜だって。彼のことを好きじゃなければ、体を許したりしなかった。

あのとき私はすでに、賢人さんに惹かれていたんだ。

ヤクザだろうが関係ない。

職場の普通の人たちより、彼はきっと他人の痛みに敏感で、優しい。

「そうか」

ニッとうれしそうに笑い、賢人さんは膝を伸ばした。

彼は勢いで告白してしまった私を両手でそっと包み込む。

広い胸に、私は安心して頬を寄せた。

それから二週間が経った。

もうすぐ妊娠四か月に差しかかる。
「はい、行ってきますのチューは？」
賢人さんが玄関で目を閉じる。
私は背伸びをし、えいっと自分の唇を押し付けた。
彼は私の腰に手を回し、ヤケクソなキスを甘いものに変えていく。
こんな恥ずかしいこと、以前の私ならできなかった。
けれど、彼はこの儀式が済むまで絶対に出かけないのだ。
「よくできました」
彼は大きな手で私の頬をなで、私の腰を抱いたまま靴を履くように促す。
そう、賢人さんは毎朝私を職場まで車で送ってくれる。
なのに行ってきますのキスを要求するのだ。
それって本来なら、夜まで会えないよという別れを惜しむキスではないのか。
これから一緒に車に乗るのに、なぜ玄関先でキスをしなくてはならないのか。
質問しても、笑顔しか返ってこなかった。
彼の車を降りて会社に着くと、途端に心細くなる。
もう二週間も経っているし、デキ婚だという陰口はほとんど聞かなくなった。

誰もが刺激を求めているんだなあと思うこの頃。

興味を引く話題があればしばらくそれを楽しみ、飽きれば自然と忘れる。

つわりも噂と同じくピークを脱したようだ。

私はやっとグアムに行く以前のように、仕事をこなせるようになっていた。

相変わらず川口君とはギクシャク……というか、以前よりもお互いに素っ気なくなったけど、別に不都合は感じない。

去る者は追わず。

今さら以前のように仲良くしたいとも思わない。

平和に仕事をして家に帰り、夕食の準備をする。

賢人さんは帰りが遅いときのほうが多いので、焦らなくてもいい。

お腹の赤ちゃんのために、なるべく自炊して体の調子を整えようとは思うけど、疲れて無理なときはやらない。

買ってくるか、宅配に頼る。

賢人さんは私と住む前はほとんど外食か、組長の家で家政婦さんが作った食事を構成員たちと一緒に食べていたとか。

特に好き嫌いもなくなんでも食べられるので、私としてはありがたい限りだ。

今日の献立は夏バテしないようにスタミナ豚丼とチョレギサラダ、冷奴キムチ乗せ、お味噌汁。

お味噌汁にはわかめとキノコたっぷり。

妊婦に便秘は大敵だものね。

ご飯が炊けるアラームと共に、玄関が開いた。

「いい匂いがするなあ」

「おかえりなさい」

リビングに入ってきたスーツ姿の賢人さんがネクタイを外しながらカウンターキッチンに近づいてくる。

ちなみに「おかえりなさい」のキスをねだらないのは、一刻も早くリビングに着き、エプロン姿の私を見たいからだそう。

どうしてそんなものを見たいのかは聞いても教えてもらえなかった。

もしかしたら、亡くなった妹さんだけでなく、お母さんの面影も、私に重ねているのかも。

お母さんと言われるとちょっと微妙だけど、彼が安心して甘えられる存在だということにして、ひとりで納得した。

彼はおかずをダイニングテーブルに運んでくれる。

ご飯を盛ろうとすると、彼のポケットからスマホの着信音が漏れてきた。

「ちょっとごめん」

彼がスマホを操作すると、向こうから男の人の大きな怒鳴り声が聞こえ、思わず肩が震える。

賢人さんは口パクで「ごめん」と言うと、大股で別室へ歩いていった。

私はしゃもじを持ったまま固まってしまう。

数分後、戻ってきた賢人さんは普段通りの顔をしていた。

「ごめん、待たせて」

「大丈夫ですか？」

「あー、組のほうでひと悶着あったらしいけど」

賢人さんはそこで言葉を切り、取り分け皿やお箸を運ぶ。

ひと悶着あったらしいけど、彼が今から出ていく必要はなかったってことかな。

フロント企業のＣＥＯをしながら、ヤクザ稼業の報告まで入ってくるなんて、大変。

若頭だから仕方ないとはいえ、負担は分担してくれないと。

組のほうは他に頼れる人がいないのかな。いや、組長が元気だから賢人さんが出ていかなくても収まっているのか。

テーブルを挟んで座り、「いただきます」と挨拶をした。

「うん、最高」

簡単な料理なのに、賢人さんは親指を立てて喜んでくれる。

もし組長になにかあったら、賢人さんはヤクザ稼業を取り仕切ることになるのだろうか。それって、やっぱり危険なんだろうな……。

考え事をしながらお味噌汁に入っていたエノキを食べたら、喉に引っかかって盛大にむせた。

「おいおい、大丈夫か。ごめんな、あんな電話かかってきたら動揺するよな」

怒鳴り声でびっくりしたことがバレている。

私、考えていることが顔に出るタイプだったのか。気をつけなくちゃ。

彼が急いで持ってきてくれたお茶を飲み、事なきを得た。

食事を終えたら順番に入浴し、寝室に入る。

照明を暗くし、大きなベッドで彼に寄り添うのが、最近の一番の癒やし。

最初は恥ずかしくてなかなか寝られなかったけど、毎日繰り返していたら慣れてきた。

「まだ性別ってわからないよな？」

彼が背後から私のお腹を優しくなでる。

「まだですけど、賢人さんはどっちがいいですか？」

「うーん……やっぱ女子……いや、やっぱ男子……どっちもいいな。男女の双子とか」

「さすがに今さらふたりにはなりませんねえ」

クスクスと笑うと、賢人さんが脇腹を軽くくすぐってきた。

「うひゃひゃ」

「なあ、そろそろ敬語やめろよ」

「で、でも。ひえっ、ぷはは」

「やめないと永遠にくすぐり続ける」

「やめます、やめる～」

容赦ない攻撃に悶えていると、突如けたたましい音が頭上で響いた。

さっと離れた賢人さんがスマホを取る。

「なんだよ、イチャイチャの邪魔するなよな」

彼は苦笑して寝室を出ていった。

もしかして、私に怖い声を聞かせないため？　組からの電話なのかな。

すぐに彼は戻ってきて、険しい顔で言った。

「ごめん、ちょっと行ってくる」

「どこへ？」

「病院。怪我した組員がいて、入院手続きが必要らしい」

入院するほどの怪我をするなんて、なにがあったんだろう。

「手続きは他の人でもできるんじゃないんですか」

「うん、まあな。俺はそっちじゃなくて……とりあえず行ってくる。ごめん。今夜は組に泊まってくるかもしれないから、気にせず寝ろよ」

彼は私の額にキスをし、小走りで出ていった。

気にしないでいられるわけがない。

絶対に組でトラブルがあったんだ。しかも、若頭が出ていかなきゃならないようなことが。

抗争という文字が頭を掠める。

つい最近も、鵬翔会と別の組で抗争があったばかり。

不安が胸に湧き上がる。

彼自身が抗争に巻き込まれることもあるのだろうか？
それはなくても、こんな生活を続けていたら、体を壊してしまう。
ＣＥＯの仕事だけでも大変なのに……。
結婚して子供が生まれても、彼がいなくなってしまったら。
恐ろしい想像をしそうになり、飛び起きて手で顔を覆った。
大丈夫。大丈夫だ。彼を信じろ。
どんなに言い聞かせても、不穏な動悸がおさまることがなかった。
数時間ほど彼が帰ってくるのを待っていたけど、いつの間にか眠ってしまっていた。
アラームに起こされて見ると、彼はいつものように私の隣に横たわっていた。
明るくなった部屋で見た彼は、どこも怪我をしていない。顔色も悪くない。
私は安らかな顔で眠る賢人さんの顔をそっとなでた。
「おかえりなさい」
彼が無事だった。
それだけで、涙が出るくらいホッとした。
賢人さんに電話がかかってくることや、夜中に呼び出されることはごくたまにあるらしい。そう本人が申し訳なさそうに申告した。

これからも同じようなことがあるのかと思うと怖いけど、心配ばかりしていてもしょうがない。

トラブルが起きるときは起きるし、それは私の意志ではどうにもならない。

ただ毎日、彼が無事でいてくれることを祈るばかりだ。

「城田さん、おはようございます。元気になりましたか？」

寝不足の夜から数日後、出社した私に三島さんがロビーで声をかけてくれた。

「うん、土日たっぷり寝たから。ありがとう」

三島さんはクマを作った私を心配してくれていて、よく眠れるという耳栓までくれた。

彼女はたまに毒を吐いたりするけど、本当は繊細で優しい人なのだと思う。

「それはよかったです」

にこりと笑う三島さん。

彼女と同じ部署だったら、もう少し気が楽なのかな。そんなことを考えてしまう。

いやダメダメ、依存したら三島さんだって気が重いよ。

エレベーターでそれぞれの階に向かい、私たちは昼まで別れを告げた。

さて、今日も淡々と仕事をしましょうか。

朝の申し送りを聞き、座ったところで課長が「あっ」と声を出した。

「そうだ忘れてた。毎年恒例のバーベキュー大会だけど、そろそろ出欠締め切るからね。よろしく～」

バーベキュー大会……ああ、そんなものもあったな。

私はゆっくり席につく。

たしか今週の土曜か日曜だっけ。全然行くつもりなかったから、忘れてたわ。

大会と言っても、別に肉の焼き方を競うわけではない。

楽しく肉を焼いておしゃべりするだけの懇親会だ。

別部署と交流する数少ない機会なので、社内恋愛や結婚を狙っている人の出席率が高いという。

三島さん、行くのかな。そういうところ苦手そうだな。

川口君はきっと行くよね。毎年楽しみにしていたし。

私は真面目に仕事と向き合おう。

お客様からの腐食した窓枠の交換要請について考える。

白サビが浮いてきちゃったってことは、雨水がついた窓枠に給湯器のガスがかかっちゃったってことだろう。

風通しの悪い場所の窓枠にはありがちだけど、さてどうしよう。同じ素材のフレームをつけても、同じことになるだろうし。

ムムムと考えていると、隣のデスクの森本《もりもと》さんが「ねえねえ」と声をかけてきた。

「広瀬さん、じゃなかった城田さん、バーベキュー来るでしょ？」

彼女はひとつ年上で、入社した頃からいろいろ教えてくれる、いい先輩だ。

「いえ、私は」

妊娠中なので、長時間外で立っているのはしんどい。

森本さんは全部聞かないでもうんうんとうなずいた。

「少しでも顔出せない？　ほら、家族同伴可じゃない。妊娠中の奥さんとか連れてくる人もいるだろうし。仲良くなれば相談に乗ってくれるよ」

「はあ」

妊娠中の奥さんを連れてくるとか、その社員ダメでしょ。旦那の会社のバーベキューなんて気を遣って疲れるだけじゃん。

私がそう思うだけで、世間では外で肉を食べたい奥さんがいっぱいいるのかな。

「それに、城田さんのご主人がどんな人か、興味あるし。連れてきてよ」

急に声をひそめた森本さん。

ははあ、そういうことですか。

私とデキ婚する相手がどんな男か見てみようってやつか。

なんて、ちょっとうがちすぎかしら？

「わざわざみなさんに見せるような特徴ないですよ。普通の人です」

コソコソ話している私たちのほうに、靴音が近づいてくる。

顔を上げると、課長がすぐそこに立って私たちを見下ろしていた。

「君たち」

仕事中に無駄話してたら、そりゃ怒られるよね。

覚悟してうつむいていると、課長は案外明るい声で続けた。

「ふたりとも、バーベキュー来るよね？」

「えっ、はい、私は。でも城田さんは……」

森本さんが私のほうに視線を送る。

「城田さん、もちろんご主人同伴で来るんだよね？」

課長が悪気のなさそうな笑顔を向けてくる。

「いえ、あの」

「普通は職場の上司を結婚式に招くのが礼儀じゃない。式をしないなら、こういう場所に連れてきて挨拶する。それが社会人じゃない？」

まだ三十代なのに、おじいさんみたいなことを言い出す課長。そういうタイプだったのか。

お祝いする代わりに、部下も上司に礼を尽くすべき、と。

「じゃあ、少しだけ……」

「少しだけでも参加費はみんなと一緒だけど」

「うっ……わかりました」

課長は「じゃあ楽しみにしてるよー」と、満面の笑みで去っていった。

なんだよー。挨拶させたいのか、単に会費集めたいだけなのかよくわからない。どっちでもいいけど、面倒くさいなあ。

「ふーん、旦那連れてくるんだ」

後ろを通りすがりながら呟いたのは、川口君。声でわかる。

「あっちに用事がなければね」

私は突き放すように言った。

いっそ賢人さんに用事でもあれば断れる。

こんな時代錯誤な行事に、彼のせっかくの休日を奪われることに罪悪感を覚えた。

鋼メンタルな私も、課長には急な有休や退職で迷惑をかけている自覚があるので、スッキリキッパリ断りづらい。

昼休憩に、三島さんにバーベキューに行くかと聞いてみたけど、答えは決然とした「ノー」だった。

普段は控えめな彼女だけど、実は私よりもずっと強いんじゃないだろうか。


今日も私より遅く帰ってきた賢人さんにバーベキューのことを話すと、快諾してくれた。

「別にいいよ」

さらっと答える賢人さんは爽やかで、全然ヤクザに見えない。

彼は極道でさえなければ、自慢するところしかない旦那さんだ。

「ありがとう。ちらっと顔見せて、お肉食べて帰ろう」

「そうだな。ついでに志麻の会社の男どもを威圧しておかないと。あと、マタハラ社員は全員シメる」

賢人さんが冗談っぽく笑う。

威圧とは……まさか、「俺の妻に手を出すな」というような気持ちを態度に出すってこと？

「賢人さんが心配するようなことはないから、威圧はしなくていいよ。マタハラももうないし」

「またまた。俺の妻がモテないはずはない。きっと言い寄ってきた男のひとりやふたりはいるはずだ」

おかずを皿に盛りつける私の頭に浮かんだのは、川口君だった。

「その顔は、心当たりがあるな？」

のぞき込まれ、ハッとした。

賢人さんのきれいな目が、私の頭の中を見透かそうとする。

「ないないない」

「ははは、焦るな。堅気に手を出したりしないさ。警告くらいはするかもしれないけど」

彼の背後に、黒いオーラが渦巻いているような気がする。

一気に物騒になったキッチンで、私は背筋を震わせた。

「ま、俺に敵う男がいるわけないけどな」

フフンと鼻を鳴らし、賢人さんは味噌汁が入った器を運んだ。

その通りすぎてなにも言えない。

とにかく、課長に挨拶したらさっさと帰ろう。

モヤモヤしているうちに日々は過ぎ、あっという間に週末になった。

私たちは都心から二時間もかかるバーベキュー場に向かった。

会社からバスが出るみたいだけど、私は休みながらゆっくり行きたいので賢人さんにマイカーの運転をお願いした。

「いいところじゃないか」

会場はだだっ広い河原にあった。

私たちが着いたときにはもう日よけのタープが設置され、肉が焼かれていた。

煙が立ち上る会場を覆うように繁る緑の木々。遠くのほうに、古い民家が見える。

私は半袖Tシャツにキャップ、アームカバーといった日よけ対策バッチリのカジュアルコーデ。

賢人さんは長袖シャツを少し折り返し、ハーフパンツを合わせている。

シャツが透けないよう、夏用ベストも着用。

もちろん長袖なのは、刺青を見えなくするため。サングラスは極道感が濃くなるので、外すように頼んだ。

「マイナスイオンたっぷりですね」

とはいえ、やはり夏の野外は暑い。

カジュアルな私服を着た社員たちがあちこちでバーベキューを楽しんでいる。お子さん連れで来ている人もいた。

子供たちは水着で川の中に入って遊んでいる。楽しそうな笑い声に心が和んだ。

「課長はどこかな？」

とにかく挨拶が最優先事項。

同じ会社でも関わったことのない人も多いので、ちらっと見ただけでは同じ課の社員かそうでないか、全然わからない。

人で溢れかえった会場のあちこちに目を凝らしていると、やっとうちの課の団体を見つけた。

「こんにちは」

皮肉にも、少し背が高い川口君のおかげでそこがわかった。

川口君は避け、離れたコンロの横にいた森本さんに声をかけた。

森本さんはこちらを向き、目を丸くする。

「あー城田さんじゃない！　こちら、噂のご主人？」

今まで聞いたことのないような高い声を出す森本さん。

おかげで周囲の注目がこちらに集まってしまう。

「ちょ、イケメンじゃん」

「なんなの。全然釣り合ってない」

遠くでコソコソ言っているのは、川口君を狙っていた先輩たち。

また聞こえてるよ……。

「はじめまして。志麻がお世話になっております」

「は、はじめまして」

極道オーラを消し、善人顔で挨拶をする賢人さん。

森本さんは頬をピンクに染め、高い声で応じた。

心なしか、女性社員の視線が賢人さんに集中しているような気がする。

「あの、課長はどこに」

ここは危険だ。

人のものだろうと、イケメンはイケメン。果敢に狩りにくる女性がいないとも限らない。

奥さんの妊娠中に浮気する旦那さんが多いって聞くし……いや、ダメ。想像するな。

森本さんが指さしたタープの中に、課長がいた。

アウトドアチェアに座って、ビールを飲んでいる。

「課長、遅くなりました」

「おー城田さん」

森本さんに対するのと同じように挨拶をする賢人さんと、課長は立ち上がって握手を交わした。

「城田さんには育休が明けても頑張ってほしいと思っているんです」

「そうですか。ありがとうございます」

当たり障りのない会話を少ししたら、課長が部長に呼ばれた。

「どうぞごゆっくり」

課長はあっさり離れていく。

よし、これで任務は完了。部長、ありがとう。

もう帰ろうかなと思ったところに、先輩たちが駆け寄ってきた。

「城田さーん！」

さっきまで陰口を叩いていた先輩たちが、笑顔で近づいてきたので、こちらは警戒するしかない。

なによ、なんなのよ。

「こっちで一緒に食べましょうよ」

「せっかく来たんだし、会費払っているんだから食べなきゃ損よ」

と言いながら、彼女たちが取り巻いたのは私ではなく賢人さんだ。

誘導されていく彼に仕方なくついていくと、興味津々な顔をした課のみんなが待っていた。

興味津々ならまだしも、明らかに好奇の視線を向ける者もいる。

賢人さんも気づいているだろうけど、表情には出さない。

彼は王様のように背もたれつきのアウトドアチェアに座らされ、周りを女性に囲まれた。

彼に甲斐甲斐しく食べ物や飲み物を運ぶ女性たちをタープの端からぽかんと見る。

「ご主人は普段なにをされてるんですか？」

「私ぃ、志麻ちゃんが入社のときから面倒見ててぇ」

「お友達は多いほうですか？」

「ご趣味は？」

次から次へとされる質問に、賢人さんは当たり障りなく答える。

「座りなよ。ついでに食べな」

肩を叩かれて我に返ると、川口君が私に椅子を差し出してくれた。

目の前にはこんがり焼けたとうもろこしや、お肉が載った紙皿。いい匂いにお腹が鳴った。

「旦那、すげえモテてるな」

川口君は隣に座り、自分のお皿からウインナーを取って食べる。

私もせっかくなので、もらった食べ物を口に運んだ。

「おいしいね。ありがとう」

「どういたしまして」

彼なりに気を遣ってくれたのだろう。

素直にお礼を言うと、彼は照れくさそうに笑った。

久しぶりに、私たちの間に温かい空気が流れる。

だけどそれも、長くは続かなかった。

「ええっ、建設会社のＣＥＯ!?」

「どこの会社ですか!?」

色めき立った女性たちからの甲高い声に驚く。

「すげえな。他人の旦那だぞ」

まるで合コンみたいな雰囲気に、川口君は眉を顰める。

私は別の意味で不安になっていた。

会社名を教えちゃって、大丈夫かな。

鵬翔会が裏についているということを、知っている人がいないとも限らない。

食欲をなくした私に、川口君がペットボトルのお茶をくれた。

彼は缶ビールを持っている。もう口が開いているので、飲みかけなのだろう。

「広瀬も苦労するな。なんで俺みたいなモテない男にしなかったのかね。そのほうが安心なのに」

もりもり肉を食べる川口君。まるでやけ食いみたい。酔っぱらいのやけ食い。

川口君がモテないわけではないと思うけど、たしかに賢人さんの妻は心配が絶えない。いろんな意味で。

「いやいや……川口君もモテるでしょ」

生返事をすると、川口君が箸を置いた。

「あのさ、広瀬」

彼は私を旧姓で呼ぶ。

そのときだった。

「きゃあああっ」

川のほうから悲鳴が聞こえた。

中年の女性が青ざめ、川のほうを指さしている。

「うちの子がっ。誰かっ」

混乱しているようだ。なにを言いたいのかわからない。

周囲の人が集まり、その中の誰かが大声を上げた。

「子供が溺れてるぞっ！　通報しろ！」

川口君がガタンと椅子を鳴らして立ち上がる。

私も目を凝らすと、オレンジのフローティングベストを着た子供が、岩の近くでもがいているのが見えた。

「足を引っかけて動けないのかな。助けないと」

今にも駆け出しそうな川口君のTシャツの裾を掴む。

「ダメだよ。酔っているのに水に入ったら、危ない」

「じゃあ黙って見てるのか？」

「だって」

溺れた人を助けようとして、逆に危険な目に遭う事故が毎年ニュースで流れている。助けたい気持ちはわかるけど、酔っぱらいが泳ぐのは危ない。

私と川口君が言い合っているうちに、誰かがロープを持ってきた。

男性が輪っかを作って投げてみたりするけど、素人の腕では子供まで届かない。

子供はなんとか顔を水面に出している状態だ。流れが強くなったら、いや、体力が削がれたら今の姿勢が保てなくなるのも時間の問題だ。

「救助はまだか！」

「よし、俺が行く！」

真っ赤な顔の父親らしき男性が自分の体にロープを括り付けようとする。が、相当酔っているらしく、手元も足元もおぼつかない。

「バカ！　なんでそんなになるまで飲むのおお」

奥さんが旦那さんの背中を叩く。旦那さんは眉を下げてうなだれた。

「誰か泳げないの？　お酒飲んでない人は？」

先輩のひとりが声を張り上げるけど、手を上げる者はいない。

送迎バスが出ているからか、お酒が入っている人が多いようだ。

「素人が手出したら余計危ないって」

「だよね」

ひそひそと交わされる声に反論はできない。私も泳ぎに自信がない以前に、妊娠中だから無理できない。

じゃあ、救助が来るまで黙って待っているしかないのか。なにか他にできることは？

ギュッと拳を握りしめたとき。

「仕方ねえな」

低い声が頭上で響いた。

ポンと頭に誰かの手が乗る。見上げると、賢人さんがそこにいた。

「行ってくるわ」

「えっ」

「俺も若い頃はよく海に沈められかけたもんだ」

物騒なセリフを吐き、賢人さんが駆ける。途中で脱ぎ捨てられたベストが、私の腕の中に飛んできた。

私も慌てて彼のあとを追う。川口君もついてきた。

「賢人さん！」

彼は瞬く間に川辺に近づき、父親からフローティングベストを奪って装着した。

「あの、あなたは」

「しゃべってる暇ねえだろ。ガキが死ぬぞ」

物騒な物言いに父親は口を噤んだ。その隙に賢人さんはロープを腰に巻き、水の中へ飛び込んだ。

歓声とも悲鳴ともつかない声があちこちから上がる。

「危険だ、戻れ！」

誰かが叫んだ。

浅瀬だと思って遊んでいた子供が急に溺れる場所だ。泳げる大人だって、安全ではない。

しかし彼は力強い泳ぎで流れに逆らい、なんとか子供のいる場所まで辿り着いた。

体が水の中に入っているのでなにをしているかはハッキリ見えない。

「あともう少しだ。根性見せてやれ、少年」

子供を励ます賢人さんの大きな声が聞こえる。

なにをどうしたのか、突然子供の体が水面から出た。両脇を賢人さんが抱えている。

「おーい、ロープを引っ張ってくれ。頼んだ！」

子供はしっかりと賢人さんに抱きつく。彼は子供を抱え、片腕で水を掻いて泳ぎ出した。

「賢人さん！」

流れは速く、ふたりを押し流そうとする。

けれど集まった男性社員が協力してロープを引っ張り、彼らはなんとかこちら側に泳ぎ着いた。

近くでよく見ると、溺れていた子供は男の子だった。

小学校低学年くらいだろうか。

男の子は待っていた母親に抱きしめられ、声を上げて泣いた。

「体を温めないと」

「そうだな」

川口君がどこからか借りてきたタオルケットを親子に差し出す。

賢人さんは濡れた髪をかきあげた。

「ありがとうございます、ありがとうございます」

父親が何度も頭を下げる。

「いえいえ、大丈夫です」

下っ端ヤクザだったときに、何度か海に沈められかけたから……とは、さすがの彼も言わなかった。

「よかった……」

いきなり膝の力が抜けて、私はその場に座り込む。

男の子も無事だったし、賢人さんも元気だ。

でも一歩間違ったら、ふたりとも亡くなっていたかもしれない。

そう考えると、こっちが意識を失いそうだった。

「素敵です、城田さん！」

「よかったらこれ、使ってください！」

「私が拭きましょうか⁉」

女性社員たちが群がってきて、みんなでタオルを渡そうとする。

なんというたくましさ。

呆気に取られていると、川口君がぬっと出てきた。

「ひとの旦那さんにやめろよ、みっともない。城田さん、大丈夫ですか」

「ええ。問題ありません」

「早く着替えましょう。さあ脱いで」

川口君は彼のフローティングベストを脱がせ……固まった。

濡れた白シャツが肌に貼りつき、刺青が透けて見えていた。

かわいいおしゃれタトゥーではなく、ゴリゴリの和彫り。

彼の背後にいた女性たちがざわめいた。

背中一面に咲いた桜の花に、みんなが釘付けになっている。

「これ……」

川口君の喉がごくりと鳴った。

「すみません。男性に脱がされる趣味はないんです」

賢人さんは笑顔で冗談を言うと、腕に引っかかっていたフローティングベストを取り、地面に置いた。

さっきまで彼を英雄視していた人々が、青ざめて目線を逸らす。

「おじさん……あの、助けてくれて」

賢人さんに話しかけようとした男の子の口を、母親がふさいだ。

「ダメ！」

母親は男の子の視界に覆いかぶさるようにする。

見てはいけないとでも言いたげだ。

父親もどうしていいのかわからないようで、ただあたふたしていた。

「少年、元気でな。ちゃんと母ちゃんの言うこと聞けよ」

賢人さんは男の子に向けて言った。明るい声だった。

「おい、大丈夫か志麻」

「だ、だって……」

「俺はこの通り元気だ。心配するな」

彼はへたり込んでいた私を助け起こす。

「お騒がせしました。お先に失礼しまーす」

周囲に笑顔で挨拶をした彼が歩き出す。

一歩進む度集まっていた人々が左右に避け、モーセが海を割ってできた道みたいになった。

「あれ、ヤバいよね……」

「反社じゃん」

どこかから声が聞こえてくる。

私はそっちのほうを絶対に見なかった。

突き刺さる視線の中、賢人さんがボソッと言った。

「ごめん、志麻」

ごめん――。

いったいなにを謝ることがあると言うのだろう。

彼の存在自体は反社会的でも、今この場所で誰かを傷つけたりしただろうか？

子供の危機を救っただけじゃない。

誰も行けなかったから、彼が助けた。それだけなのに。

刺青が見えた瞬間、みんなが手のひらを返したように賢人さんを軽蔑したのがわかる。

つらかった。ショックだった。どうして優しい彼がそんなに冷たい目で見られなきゃならないのか。

だけどそれは賢人さんのせいじゃない。彼が謝ることはなにもない。

「広瀬！」

バーベキュー会場から離れて駐車場に近づいたとき、後ろから声がかかった。

「川口君」

後ろを見ると、川口君が汗だくになっていた。走って追いかけてきたのか。

「ごめん、俺、知らなくて」

「あー、別に大丈夫ですから」

私の代わりに賢人さんがひらひらと手を振る。

しかし川口君は彼をにらみつけた。

「あなたに言っているんじゃない。広瀬、どうしてこんな男と結婚したんだ。ムリヤリ妊娠させられたのか」

「なに言って……」

「なにがCEOだよ。こんなCEOがいるか。この人ヤクザだろ」

彼の発言は、ぐっさりと私の胸に突き刺さった。

「ヤクザと結婚するって、どういうことかわかってるか。身内にも迷惑をかける。もう会社にもいられない。友達も離れていく。子供も差別される。幸せになれる要素がひとつもないんだ。やめとけ、広瀬。今からでも引き返せ」

川口君の言葉ひとつひとつが刃となって、私の心を抉る。

彼は正しいことを言っている。

だからこそ、痛い。

「お前さ」

それまで沈黙を守っていた賢人さんがついに口を開く。

「広瀬広瀬ってうるせえよ。志麻はもう俺の妻だ。俺の許可なく旧姓で呼ぶんじゃねえ」

それまでの話し方とがらりと変わった、乱暴な口調。

ドスのきいた声に、川口君が怯むのがわかった。

「志麻を救ってやらなきゃとでも思ってんのか？」

「俺は……」

「そうやって志麻を正論でボッコボコにするのか。そりゃあお前は気持ちいいだろうなあ。正しいことをしているつもりだもんな」

金魚みたいに口をパクパクさせるだけで、言い返せない川口君。

私は賢人さんの腕に掴まった。

「もういいよ、賢人さん」

「俺はこういう人間が大嫌いなんだ。だから」

「私のために悪役を演じなくていいよ……！」

賢人さんは一般人から見たら怖いかもしれない。

でも私には、川口君のほうが怖い。

私が言い返せないのをわかっていて、自分の正義を押し付けてくる。
私の信じるものを全否定して。
家族や友達、自分にとって当たり前にあるものを私にもあると思い込んでいる。
賢人さんは私が傷つくのをわかっていて、盾になろうとしているのだ。
「私はあなたを誇りに思ってる」
自称常識人たちが怯む中、賢人さんだけが川に飛び込んだ。
無謀だと嗤ったり怒る人がいるかもしれない。
でも彼は結果的に男の子を助けたんだ。
守ると決めたもののためなら、自分は傷ついても構わない。
賢人さんは、そういう人だ。
お母さんや妹さんを亡くし、孤独の中でもがいてきたんだ。
ギュッと腕に抱きつくと、賢人さんが体の力を緩めるのがわかった。
「行こう」
体を離して手を引くと、賢人さんは無言でついてきた。
私が彼を先導するのは初めてだ。
川口君の声は、もう聞こえなかった。

車に乗って街に出ると大きなスーパーがあったので、賢人さんはそこで買った衣類に着替えた。

ずぶ濡れの賢人さんをスーパーの店員さんもお客さんも奇異の目で見ていたけど、上からベストを着ていたので刺青は八割隠せていたと思う。

「申し訳ない。一般人を装うと言っておきながら、こんなことになって」

スーパーの商品の中でも当たり障りのない無地のシャツとパンツを身につけた彼は、意外に違和感がなかった。素材がいいからだろうか。

「謝らないで。賢人さんはあの子を救ったんだよ。私たちの立場より、命のほうがよっぽど大事でしょ」

ほとんどバーベキューを食べられなかった私たちは、スーパーの近くの蕎麦屋で昼食をとることにした。

外見は古びていて、流行っている様子もなさそうだったのでまったく期待していなかったが、これが存外おいしい。

蕎麦も天ぷらも都心で食べるよりおいしくて、私は夢中で箸を進めた。

私のと同じ天ざるそば、さらにかつ丼を頼んだ賢人さんも「うまいな」とご満悦。

素朴なお店ですっかりリラックスした私たちは、同時にはあと息を吐いた。

「嫌な思いさせてごめんなさい。あの男の人、私の同期なの」

ぺこりと頭を下げる。

「いやいや。俺が余計なことしたから」

「余計なことじゃないってば」

賢人さんがいなければ、あの子は助からなかったかもしれない。

私のために子供を見捨てる人だったら、好きになってないはずだ。

「私はあなたのそういうところが好き」

「本当に？」

「はい」

こくんとうなずくと、賢人さんは晴れやかな顔で笑った。

「そうか」

彼はそれ以上その話は蒸し返さなかった。

もりもりご飯を食べ、味の感想を述べる。

川口君や、他の社員の悪口は一切言わない。恨み言も愚痴もない。

「賢人さんはすごいね」

食べ終わった私は、箸を置いた。

「なにが」

「あの人たちに対して、怒らないんだもん」

私だったら、「せっかくいいことをしたのに！」って怒ったり、悲しくて泣くかもしれない。

「怒ったよ。あの男の正論ボッキボキにしてやっただろ」

「ああ……」

川口君、なにを言われたかわかったかな。

自分が正しいと思い込んでいる人って、簡単に記憶を改ざんしたりするし、こっちの頭がおかしいと決めつけたりするもの。お互い様かもしれないけど。

「でも、やっぱりすごいよ」

賢人さんは、自分がなにを言われても怒らない。

すり寄ってきた人たちが目の前で手のひらを返しても、笑いとばしてしまう。

彼が川口君に攻撃したのは、彼が図らずとも私を傷つけたからだ。

自分がやられたときじゃなく、他人のために怒れる人が、この世にどれだけいるだろう。

「私、愛されてるなあ」

しみじみ言うと、賢人さんが吹き出す。

「今頃わかったか」

ニッと笑い、がしがしと私の頭をなでる。

この大きな手が、私を残酷な世の中から守ってくれている。

思えば、出会ったときからずっと、守られっぱなしだ。

「よし、仕切り直しだ」

「はい？」

「体調がよければ、このままどこかへ出かけようか」

賢人さんが笑ってくれると、暗い気持ちがぱあっと晴れていく。

私は勢いよくうなずいた。


長距離移動は避け、私たちは自宅方面に帰りながら、行く場所を相談した。

「安産祈願なんてどう？」

「ああ、いいじゃない」

賢人さんが同意してくれたので、スマホで神社を検索する。

お互いに特定の神様を信仰しているわけではないので、どこの神社でもいい。体のことを考えると、観光客で激込みしている神社より、街中にひっそり建っているようなところが望ましい。

もうすぐ二時だし、少し散歩するくらいがベストだよね。

「ここはどうかな？」

ヒットしたのは、とある商店街のはずれにある神社だった。

大きすぎず小さすぎず、写真で見る限り、とてもちょうどいい神社だ。

鳥居と参道、本堂、社務所くらいしかないみたい。

地味だけど、由緒正しき神社なのだと口コミサイトに書き込まれている。

赤信号で私のスマホを見て、賢人さんは一瞬目を細めた。

「なにか？」

違和感を覚えた私が聞くと、彼は軽く首を横に振る。

「いや、なんでもない。行こう」

賢人さんはいつも通りの顔で青信号を確認して車を発進させる。

気のせいだったかな。

私もスマホをしまい、前を見た。

車を降りると、もう夕方だというのに、強い日差しが容赦なく降り注いだ。

妊婦に真夏の日差しはキツイ。

渓谷も暑かったけど、街中とはレベルが違う。

私たちは鳥居をくぐり、参道をゆっくり歩いた。

夕方だからか、私たちの他に人はいない。

澄んだ空気の中を進む。

本堂の前でお賽銭を入れ、二礼二拍手一礼。で、よかったかな。

正しい作法はよくわからないけど、顔の前で手を合わせて、真剣に祈った。

神様お願いします。

どうか、お腹の子が元気に生まれてきますように。

家族三人、いつまでも健康で仲良く暮らせますように。

心の中で願いを唱え終えてちらっと横を見ると、賢人さんがまだ目を閉じて手を合わせていた。

真剣にお願いしているみたい。

後ろに並んでいる人もいないので、急かすこともない。

私は黙って彼の横顔を見つめた。

視線に気づいたのか、単にお祈りが終わったのか、賢人さんがゆっくり瞼を開ける。

「ちゃんとお願いしたか？」

「うん」

お互いにどんなお願い事をしたかは聞かない。

安産の神様の前で祈ることはひとつしかないから。

「もうすぐ膨らんでくるんだよな」

賢人さんは参道を引き返しながら、まだあまり変化のない私のお腹を見た。

「そうですね」

五か月くらいからお腹が膨らむ人が多いと妊婦向け雑誌で読んだ。

ただ個人差が大きく、そんなに膨らまない人もいれば、バーンと前に張り出す人もいるらしい。

赤ちゃんの性別によるという都市伝説もあるけど、果たして自分はどうなるかな。

自分でお腹をさすると、まるで返事をするようにぐううと音が鳴った。

「え、今しゃべった？」

からかってくる賢人さん。

いや、今の完全に腹の虫じゃん。お昼ご飯もしっかり食べたし、助手席で座っているだけだったのに、なぜこんなにお腹が空くの。

「ふたり分食べなきゃだもんな。ちょうど店が並んでるぞ」

鳥居をくぐって神社の敷地から出ると、別世界のように賑やかな商店街が広がっていた。

近くに大学でもあるのか、学生らしき若者が多く歩いている。

あちこちからおいしそうな食べ物の匂いが漂ってきて、余計にお腹が切なく鳴った。

「今おやつを食べたら、夕飯が食べられなくなっちゃう」

夕飯と言うにはあまりに中途半端な時間だ。

病院の先生にも、あまり太りすぎないように言われているのに。

「歩きながら食べたら、カロリーゼロになるから気にするな」

「またどこかの芸人さんみたいなことを……」

と言いつつ商店街を見渡すと、から揚げ店やクレープ店ののぼりが見えて、ついごくりと喉を鳴らしてしまう。

「ちょっと早いけど夕飯の代わりということで……」

「はは。そうしよう」

賢人さんは笑って私の手を引く。

「なににする？」

「まずはコロッケかなあ……」

甘い匂いも魅惑的だけど、揚げ物の香りには勝てない。

そしてコロッケは家で作るのが超絶面倒くさく、ご飯のお供と呼べるかも微妙なので、あまり食べていないのだ。

私たちは屋台の揚げたてコロッケを買い、すぐに頬張った。

サクッとした衣の食感を楽しむと、芋のホクホク感が追いかけてくる。

「うっまあ～」

ジャガイモだけでなく、肉のうまみをしっかり感じる。

これはうまい。おいしいと言うより、うまい。

「うん。うまいな」

賢人さんも頬を緩める。

あっという間になくなったコロッケの包み紙を弄びつつ、次の獲物を物色する。

コロッケでお腹が満たされるかと思いきや、逆に呼び水となってしまった。

「次は椅子があるところがいいな」

お店の前で食べられるスタイルだと、私も座れて楽だしちょうどいい。

賢人さんは私の体をいつも気遣ってくれる。男の人なのに、女性の体のことを知り尽くしているみたい。

「じゃあ、あそこのクレープなんてどう？」

「クレープか。食べたことないな」

「あ……嫌いならいいんだけど」

「いや、未体験なだけで、嫌いなわけじゃないから」

また手を繋いで歩き出す。

すれ違うカップルが賢人さんのほうをチラチラ見ていく。

スーパーの服でも目立ってしまうって、オーラ半端ないな。

遠くのほうにのぼりが見えるクレープ店に辿り着く間に、他のお店も見ていく。

その中の衣料品店に、赤ちゃんが着るロンパースを売っているところがあった。

「そういえば、ベビー用品そろえないとな」

賢人さんが店の前で足を止める。

マダムがメインターゲットのお店らしく、ヒョウ柄やトラ柄など、個性的な服が前面にディスプレイされていた。

なのになぜロンパースまで置いてあるのか。孫のために買う人がいるとか？

ちなみにロンパースにはウグイスのイラストと「ホーホケキョ」と鳴き声までプリントされていた。わけがわからない。

「もう少しあとでいいんじゃない？」

このロンパースは私的にいらないかな。

男の子でも女の子でも、ベージュや茶系を買っておけば問題ないけど、私はどっちかハッキリしてから選びたい。そしてウグイスの鳴き声は趣味じゃない。

「腹が大きくなる前にそろえたほうが楽じゃないか？」

「うーん、でもなにがあるかわからないから」

「なにってなんだよ。安産に決まってるだろ。神様信じろよ」

賢人さんは私の手をギュッと握る。

きっと彼自身が、安産であると信じ込みたいのだろう。

かつて家族を失った心の傷が、そうさせるのかもしれない。

「そうだね。お祈りしたもん、大丈夫だよね」

手を握り返すと、賢人さんの眉間の皺が和らいだ。

「よし、クレープ食べるぞ」

「はーい」

私の勢いよい返事に、賢人さんは笑った。

子供が生まれたら、ふたりきりのデートもしばらくできなくなる。

今のうち、この瞬間を楽しまなくちゃ。

クレープ店の前には、若い女の子がずらりと並んでいた。

「人気のお店なのかな」

「俺は並んでもいいけど、志麻は大丈夫？」

「どうしようかな」

今どうしても、死ぬほどクレープが食べたいわけじゃない。

そろそろ座りたくなってきたし、他のお店でもいいかも。

でも人気があるものを試してみたいと思うのが人の性《さが》でもあり。

悩んでいると、繋いでいた賢人さんの手が急に離れた。

顔を上げて彼を見ると、厳しい横顔で前方をにらんでいる。

視線の先を追うと、ガラの悪そうなスーツの男たちが歩いていた。

「あの、私やっぱり違うものにする」

悪い予感がして、賢人さんの袖を引っ張った。

「ん？　そうか。じゃあ行こうか」

彼は平静を装っているのか、いつもの穏やかな顔で私に向き直る。

くるりと今来た方向に踵を返したとき。

「おい、よその組のシマに来て挨拶もなしかい。鵬翔会の教育はどないなっとんじゃ」

どこの方言かわからないけど、ガラの悪い話し方。

呼び止められたのは、もちろん賢人さんだ。

しかし彼は振り返りもせず歩く。

「無視してんじゃねえぞコラ！」

大声で怒鳴られ、ビクッと肩が震えた。

クレープ店の行列にいる女の子たちも、怯えた顔で私たちの後ろに視線を送っている。

「……ああ、どうも」

仕方ないと言ったふうに振り返った賢人さんは、無表情で男たちを見る。

「女連れか。珍しい」

ひとりの男性が前に出てきて、私をなめるように見つめる。

男性はシマウマみたいな柄のシャツをスーツの中に着ていた。

髪はオールバック、夕方なのにサングラス、首にはゴールドのネックレス。

間違いない。バリバリの極道だ。

「若頭もたまにはデートするといい。楽しいぞ」

賢人さんは私を隠すように、背後に回した。

相手も若頭なのか。

同じ若頭の賢人さんよりも十くらい年上に見える。

「デートか。見たところ商売女じゃないようだ」

「彼女のことはいいだろう。もう挨拶も済んだし、帰るわ」

私の肩に腕を回し、密着する賢人さん。

他人にラブラブっぷりを見せつけるためではなく、ヤクザたちから私を守るためだろう。

歩き出そうとすると、ヤクザたちに回り込まれ、囲まれてしまった。

「鮫島組のシマに入って無事で済むと思ってんのか！」

ハッと脳裏にスマホの画面がひらめく。

あれは部長のスマホ。仕事帰りに「ここの結構近くで、ヤクザの抗争みたいなものがあったらしいわ」って言って見せてくれた。

たしか、鵬翔会と抗争を起こした組織の名前が鮫島組だったっけ。

わあわあ言ってくるのは相手の下っ端ヤクザたち。

若頭は後ろから様子を見ている。

賢人さんは面倒くさそうに答えた。

「コロッケ食べにきただけなんだけど」

安産祈願に来たとは言わない。

私が妊婦だと知られないほうがいいということだろう。

相手は極道。なにをされるかわからない。

「嘘つけ！　報復に来たんだろう」

「そういえばうちの若いのが誰かにかわいがってもらったらしいが、あれはお前らか。名乗りもしなかったそうだが、まさか自分から言ってくれるとは」

グッと下っ端が言葉を詰まらせた。

報復？　若いのがかわいがってもらった？

もしかして、この前夜中に外出したときの件かな。

「安心しろ。俺は今お前たちの仕業だって知ったんだ。女連れで報復しようとなんてしない」

「と、とにかくついてきてもらおう。拒否すれば、連れがどうなるかわかるか」

下っ端ヤクザが私に手を伸ばす。

すると今まで飄々としていた賢人さんの空気が一変した。

「触るんじゃゃねえ」

ドスのきいた声。ナイフの切っ先のように鋭い目線が周囲の空気を震わせる。

「報復されたいならしてやるが、どうする？」

私に伸ばした手を硬直させ、下っ端は動かなくなった。

「やめとけ、お前じゃこいつに勝てねえよ」

とうとう若頭が動いた。

若頭に肩を掴まれ、下っ端が後ろに下がる。

「随分とご執心のようだな。極道の女にしては、だいぶおとなしそうだが」

じろりと見られ、私は賢人さんの陰に隠れる。

「だったらどうする」

にらみ合う賢人さんと若頭の間に緊張感が漲る。

周りの人たちは遠巻きにこちらを見ていた。

誰かがスマホを向け、私たちを撮影している。

「見せもんじゃねえぞコラ！」

気づいた下っ端がスマホを向ける人を威嚇し始めた。

「おいおいやめとけ。今日は見逃してやろう」

「でも、若頭」

「ここに客が来なくなったら、俺らの商売も上がったりだからな」

若頭が先に視線を逸らし、下っ端を引き連れて去っていく。

クレープ店に並んでいた人たちが安堵のため息を吐いた。

スマホを向けてくれたおかげかも。

まだ人通りがある時間でよかった。

真っ暗だったら、本当に連行されていたかも。

「あれは鮫島組っていう、悪の組織だ」

悪の組織っていうのは、冗談だろう。そう言うなら、鵬翔会だって社会的に見たら悪の組織だ。

「鵬翔会と抗争起こしたところね。この前夜にトラブルになったのも」

「そう。若いのが入院するくらいやられた」

賢人さんと私は、背後に注意しながら、早足で車へ戻る。

彼の声には、わずかに悔しさが滲んでいるような気がした。

仲間をやられて黙っているような人ではない。

今日は私がいたから、なにもできなかったんだ。

足手まといな自分にため息が出る。

「で、あの変な柄シャツを着ていたのが、若頭の松坂《まつざか》」

私は松坂氏が着ていたシマウマ柄のシャツを思い出した。

「ヤクザ同士、シマが近い同士、いろいろ因縁があって」

「はあ……」

この辺りは組長さんのお屋敷からは離れているけど、ナワバリ自体は隣り合っているってことか。

そういえば、神社の地図を見せたとき、賢人さんが一瞬目を細めたような気がしたっけ。

彼はこの辺りが鮫島組のナワバリだってことがわかっていたんだ。

駐車場の車は、無事無傷だった。

鮫島組になにかされていたらと心配していたのでホッとする。

「ごめんなさい。私が行きたいなんて言ったから」

極道の妻になるのに、私はなにも知らなかった。

せめて近くの組の名前やナワバリくらいは知っておかなきゃ。

「謝るなよ。俺が大丈夫だって判断したのが甘かったんだ」

「そんなこと」

「なにも心配しなくていい。君は俺が守る」

賢人さんが繋いでいた私の手を持ち上げ、甲にキスをした。

またた。

彼は私を責めない。いつも自分ばかりが責任を負おうとする。

彼の言葉はうれしいのに、つらい。

「あなたのことは誰が守ってくれるの？」

無力な私は邪魔になることはあっても、賢人さんを助ける力はない。

見上げると、賢人さんは淡く微笑んだ。

「俺は俺自身が守る。志麻の存在が俺を強くしてくれるから、余裕だよ」

温かい手が私の頬をなでる。

そんなことない。私は無力だ。

無知で、無力で、どうしようもない。
なのに賢人さんは、私を肯定する。
私を意味のある存在にしてくれる。
「ひとりじゃないから」
彼の口角がキュッと上がる。
私は胸が詰まって、泣きそうになった。
ひとりじゃない。
私に向けて言ったのか、彼が自分自身に向けて言ったのか。あるいは、どちらもか。
手を離した賢人さんが、車の助手席側のドアを開けてくれる。
私は車に乗り込む前に、彼に抱きついた。
どうか、この人が傷つくことがありませんように。
彼がいなくなったら、私はまたこの世でひとりきりになってしまう。
賢人さんは私を急かさず、優しく背中をさすってくれた。

仁義なき戦い

大変だった週末が開け、月曜に出勤した私は妙に落ち着いていた。

賢人さんの刺青の件がバーベキューに来なかった社員にまで知れ渡り、私は同僚や先輩たちからの冷たい視線にさらされた。

もう陰口を叩く者もいない。誰もが腫れ物を扱うように、私を避けていく。

川口君も私の妊娠を言いふらしたときと同じく、完全無視。

下手につついて、ヤクザの旦那が出てきたらヤバいとでも言われているんだろう。

でも、もう心は揺れない。

「課長、お話があります」

昼休憩前に課長のデスクへ近づくと、面談室へ誘われた。

「昨日はびっくりしたよ」

「お騒がせしました」

私は頭を下げ、白い封筒を差し出した。

「急ですが、今月末で辞めさせてください」

頭を下げると、巻いた毛先が視界に入った。

妊娠発覚したばかりの頃は、賢人さんと結婚してもいつ離婚になるかわからないから、職はあったほうがいいと思っていた。

「変な噂があるけど……ほら、君のご主人のアレって、ファッションじゃないの？」

課長は遠慮がちに聞いた。

変な噂というのは、賢人さんがヤクザだということだろう。

遠くから見ていたらよくわからなかったかもしれないけど、近くにいた社員には、賢人さんの刺青の詳細が見えたことだろう。

いや、今回も噂の出どころは川口君なのかも。たとえそうでももう沈んだりしない。

「違います」

私はキッパリ否定した。

「じゃあ、本当に反社的な人？」

「そうです」

ヤクザと単刀直入に言わなかったのは、課長の優しさだろうか。

ここで嘘をついても、あれを直接見た人からはファッションなのか本気の和彫りなのか一目瞭然だし、もし会社に迷惑をかけたら課長も責任を問われてしまうかも。

賢人さんの存在を受け入れられない川口君や周りの人を責める気はない。

少し前まで、私だってそうだったから。

刺青がある人は信用ならない怖い人で、絶対に近づいてはいけない。

自分の身を守るためにそう言い聞かされてきた。それが大多数の人の常識だろう。

「君はそれでいいの？」

課長が私を見つめる。

ヤクザと結婚していいのか。そのために会社を辞めていいのか。

「はい。主人についていきます」

うなずくと、課長は深いため息を落とした。

「残念だよ。産休明けても一緒に働けると思っていたから」

「ありがとうございます。申し訳ありません」

「これ、人事に回しておくよ」

課長は辞表を内ポケットにしまう。

「はい。よろしくお願いいたします」

深くお辞儀をし、課長に続いて面談室を出る。

辞めると決めたら、不思議と心が落ち着いた。

仕事は嫌いじゃなかったし、残念な気持ちはあるけど、前みたいにモヤモヤしない。

私は子育てと、賢人さんのサポートに専念することに決めたんだ。

彼となら、これからの人生を共に歩んでいける。

心配は尽きないけど、賢人さんと協力してやっていくんだ。

「というわけで、今までありがとう」

昼休憩に三島さんに退職の報告をすると、彼女は青ざめた。

場所は屋上のベンチ。高いフェンスが設置してあり殺風景なためか、人が少なくてちょうどいい。

「そんなことがあったんですか」

報告ついでに、結婚相手がヤクザだということをカミングアウトした。

今まで隠し事をしているようで苦しかったから、やっと楽になれたという感じだ。

反対に三島さんは、事実を知って呆然としていた。

彼女の部署では、特に賢人さんの刺青のことは話題になっていないらしい。

子供が溺れた、ということだけは耳に入ったとのことだった。

「すごく意外です。城田さん、そういう人種と相容れるように見えないから」

三島さんは震えている。

私がおとなしそうって意味かな。

「私もまさかこんなことになるとは思わなかった」

生まれてからずーっと平凡な人生を歩んでいて、いきなり余命宣告されて、ヤケクソで行ったグアムで極道に出会って妊娠。

あの余命宣告がなければ、彼と出会ってもいなかっただろう。

「城田さん、まさかムリヤリ……」

「いや違う違う。そういう怖いんじゃないから」

笑って顔の前で手をひらひらさせる。

私は彼がヤクザだとわかっていてついていった。

騙されたわけでも、ムリヤリ妊娠させられたわけでもない。

「現実にそんなドラマチックな展開があるなんて」

「えっ？」

震えていた三島さんが、いきなり立ち上がった。

「私、趣味で小説を書いているんです。極道のこと、詳しく教えてもらえませんか。そしてこれからも連絡していいですか」

今までにない熱量で、私の手をガシッと掴む三島さん。

「その小説、読ませてもらえるの？」

「それは嫌です」

「えぇー」

私たちは顔を見合わせてクスクス笑った。


それから一週間ほどして、私は会社に行かなくなった。有休消化期間に入ったのだ。有休を買い取ってもらって月末まで来る人もいるけど、私は思いっきり使うことにした。

正直、私がいないほうがみんなが仕事をしやすいだろうと思ったから。

有休消化したいと申し出たとき、課長はすんなり受け入れた。つまりそういうことだろう。

最後の出勤日は部署に菓子折りを置いてきた。三島さんにはハンドクリームとチョコレートを贈った。

「寂しくなります。城田さんがいなくなると」

三島さんの眼鏡の奥の目が、ほんの少し陰った。

「また会おうよ」

私は意識して口角を上げる。三島さんは微笑みで応えた。

また会いたいのは本心だけど、彼女にも迷惑をかけてはいけないので、疎遠になるしかないだろう。

極道とは、孤独なものだ。

外の世界との繋がりは、あまり持たないほうがいい。

麻美ちゃんからもたまに連絡が来るけど、最低限のやりとりに留めている。

相手は気にしないでいいと言ってくれるけど、もしなにかあったときに後悔しても遅いのだ。

退職した翌朝、私は賢人さんを見送って少し家事をしてから、外に出た。

「あっ姐さん。俺が呼ぶまで出てこないでいいって言ったのに」

マンションの前の道路に堂々と路駐したのは山下さんだ。

いつものスモークガラスの車から出てきた彼は、慌てて後部座席のドアを開ける。

「でも、あんまり待たせちゃ悪いし」

「そんなのいいですよ。なにかあったら俺が若頭に殺されちまいますよう。後生ですから家の中にいてください」

「はいはい、今度からそうするね」

山下さんに急かされ、私は後部座席に乗り込んだ。

組長や若頭じゃあるまいし、ノー権力な私になにかあるわけないじゃない。

「ええと、大石《おおいし》マタニティクリニックですね」

「はい。安全運転でお願いします」

「へい」

ピッピとナビを操作し、山下さんはゆっくり発車した。

今日は月一の妊婦健診。

ひとりで行けると主張したのだけど、賢人さんは絶対に首を縦には振らなかった。

「ごめんなさい、山下さん。付き合わせちゃって」

「なんで謝るんですか。姐さんの運転手ができるなんて、光栄っすよ」

山下さんの言葉には裏表が感じられなくてホッとした。

彼は私が賢人さんのところに来てから、ドライバーをすることが少なくなっている。

賢人さん自身が運転するようになったためだ。

以前は直接会社に乗りつける以外は、山下さんが送迎していたらしい。

「最近はどんなお仕事してるの？」

「へい、他の兄さんたちの送迎をしてます」

「そうなんだ」

私は鵬翔会のことをいろいろ聞く。

賢人さんは「志麻は極道に染まらなくていい」と言ってあまり教えてくれないから。その気持ちはうれしいけど、若頭の妻なのになにも知らないのはやっぱりよくない。最低限のことは把握しておかないとね。

山下さんはわかることは全部素直に答えてくれた。

「姐さん、もう着きますよ」

たった二十分ほどで、山下さんとのドライブは終わった。

彼は病院の中まで付き添う。

パンチパーマに柄シャツの彼は待合室で明らかに浮いていた。しかも私の隣に座るものだから、完全に旦那さんだと思われているだろう。

「山下さんがパパみたいね」

クスクスと笑うと、彼は顔を真っ赤にした。

「とんでもねえ。若頭に殺される」

まるで祟りを恐れるように頭を抱える山下さんは、どこにでもいる普通の若者に見えた。髪型以外は。

健診は無事に終わり、赤ちゃんは順調に育っていることがわかった。

「お嬢ですかね、坊ちゃんですかね」

「まだわからないけど、山下さんはどっちがいい？」

「俺はお嬢がいいですね。絶対かわいいじゃないですか～」

まだ見ぬ若頭の娘を想像しているのか、頬を緩ませる山下さん。

彼の車でマンションまで送ってもらう途中、ナビの画面に携帯の着信を伝える表示が出た。

液晶画面を押し、山下さんは運転しながら話す。

「はい山下っす」

『おう、おめえ今どこだ』

ナビとスマホがブルートゥースで繋がっているらしく、ナビからドスのきいた怖い声が聞こえてきた。

「志麻姐さんを送っていくところです」

『そうか。じゃあ、姐さんを送り届けたらすぐに事務所に来てくれ』

「どうかしたんすか」

電話をかけてきているのは鵬翔会の構成員らしい。

バックミラーに映る山下さんの顔に緊張が走る。

『おめえのおっかさんが倒れた。用事が済んだらすぐ病院に向かえ』

「へえっ?」

『宝前記念病院だ。わかるか?』

「へ、へい」

『すぐだぞ。わかったな』

ポロリン、と不吉な音を残して通話は切れた。

「お母さんどうしたの」

黙っていられず、私は後ろから声をかけた。

「わかりません。倒れたとしか……あ、うちの母親、組長の屋敷で住み込み家政婦みたいなことをしていて」

「じゃ、倒れてすぐに誰かが見つけてくれたのかな。早く行かなきゃ」

組長さんの屋敷ってことは、サプライズパーティーの料理も山下ママが用意してくれたのかな。

あのときの料理、おいしかった。若い衆が用意したにしては家庭的なものがたくさんあったのは、山下ママのおかげだったのかも。

「でも、姐さんを送り届けないと」

「私も一緒に行こうか」

「いえ、病院っていつもすげー待たされるじゃないっすか。身重の姐さんを連れていくわけにはいきません」

たしかに待たされる。しかも宝前記念病院って、私を膵臓がんだと言ったあの医者がいるところだ。

予約していても三時間待たされることがあるという、謎の混み方をしている。

「じゃあ、ここで降ろして。大丈夫、タクシーで帰るから」

「そういうわけには……」

「私は母を病気で亡くしたの。山下さん、早くお母さんのそばに行ってあげて。そしてできれば、他の病院に転院させたほうがいいよ」

宝前記念病院は患者の取り違えが起きるくらい忙しいのか、いい加減なのか知らないけど、体制に問題があるのは明らか。

スタッフが集中できないくらい環境が悪いのかもしれない。

それはさておき、今は山下ママの復活を願うばかりだ。

「姐さん、本当にいいんですか」

「うん。心配しないで。賢人さんにはちゃんと家まで送ってもらったって言っておくから」

路肩に停めた車から、私はよいしょとひとりで降りる。

「恩に着ます、姐さん」

後部座席のスライドドアを閉めると、車は法定速度で走り去っていった。

私はスマホで現在地を確認する。

わかりやすいように近くのコンビニまで歩いてタクシーを呼ぶことにした。

てくてくと詳しくない街を歩いていると、目当てのコンビニからスーツ姿の男性が出てきた。

「あっ」

声を上げたのは相手のほうだった。

目が合ってしまったので、ぺこっと会釈する。

スーツの男性は、川口君だった。

「今、お客さんのところに行ってきたんだ」

彼の手にはコンビニの袋が握られている。そう言われればちょうどお昼だ。

「そうなんだ。お疲れ様」

バーベキューの件から最後の出勤日まで話をしていなかったので、気まずい。

私は川口君の目の前でタクシー会社に電話をかける。

その間に行ってくれればいいと思ったのに、川口君はなぜか電話が終わるまで待っているようだった。

私がスマホをバッグに戻すと、川口君が話しかけてきた。

「元気にしてる？」

「うん、まあまあ」

「あの……この前はごめん。旦那さんを悪く言って」

川口君の言葉に呆気に取られる。まさか謝られるとは思わなかった。

私は返事をできずに黙る。

「気にしていないよ」なんて嘘だし。だからといって「許さん」は大人げない。

「もういいよ」

やっとのことでそう言った。

コンビニから出てきたお客さんが私たちを邪魔そうに見たので、私はタクシーに乗り込みやすいよう、ガードレールのそばに寄った。

すると、タクシーではなく一台の車が近づいてきた。

山下さんの車に似ている。黒いワンボックスカー。

「俺、あの……」

川口君が言いかけたとき、私の目の前に車が停まった。

後部座席が開いたので一歩引こうとしたら、中から出てきた男性にガシッと腕を掴まれる。

びっくりして目を見開くと、私の腕を掴んだ男がニイと笑った。

「ちょっ、なにするんだ！」

もう一方の腕を川口君が引っ張る。

両方から引っ張られ、私の体はちぎれそうになった。

「いたたたたっ！」

「放せよ！　痛がってるだろ！」

「ああん？　お前この女のなんだ。ヤクザを敵に回す気か？」

車の男がすごむ。

たしかに、彼はヤクザにしか見えない。

スーツだけど、耳にはピアス。首元には刺青がはみ出ている。

ヤクザと聞き、川口君はパッと手を離した。その反動で、私は男のほうに飛び込む形になってしまった。

「いいえ、俺は無関係です」

川口君はアンドロイドのように抑揚のない声で言った。

こいつ、やっぱり信用できない！　自分が一番かわいいんだ！

男は返事をせず、私を後部座席に引き入れる。

スライドドアが乱暴に閉められ、無慈悲に車は発進した。

「すまんね、手荒な真似をして」

男ふたりに挟まれ、後部座席に座らされた私に話しかけたのは、助手席に座っている人物だった。

こちらに顔をのぞかせたのは、サングラスとシマウマ柄のシャツを着たヤクザ。

鮫島組の若頭。なんだっけ。高級な牛みたいな名前の。そう、松坂。

「ちょいと付き合ってもらおうか。城田をおびき出す餌になってもらう」

スモークガラスに隠された空間の中、私は声を失った。

＊＊

薄暗い部屋で、会社の前期経営状況を説明するスライドを眺める。

今日は経営企画会議。

諸外国の戦争などの影響で輸送費その他が高騰しており、利益率が前年より下がった。それをどう取り返すかという会議だ。

並んで座る経営陣の中には、鵬翔会に関わる者が数人いる。

世間ではインテリヤクザなどと呼ばれているらしい。彼らは山下などとは違い、見た目も中身もヤクザらしくない。

会議が終わり、会議室を出たところで、ロングヘアの女性秘書が走ってきた。

「CEO、お電話です」

プライベート用のスマホは会議中は電源を切ってある。彼女が持ってきたのは、緊急用のスマホだった。

緊急用のスマホの番号を知っているのは、鵬翔会組長以下数名の構成員と、志麻のみ。

「ありがとう。君たちは戻っていなさい」

会議に同席していた秘書と、電話を持ってきた秘書はそろって会釈し、秘書室に戻る。

俺は会議室に戻り、ドアを閉めた。

「おう、俺だ」

組長たちの番号は偽名で登録してある。今かけてきているのは、組長側近の吉田《よしだ》だ。

『若頭、大変です』

吉田の声がいつになく強張っているので、こちらも身構える。

『さ、さ、鮫島組のやつらが、えっと』

「落ち着け。どうした？」

少し前に若い者同士の抗争があり、最近は構成員がひとりでいるところを襲撃された。

こんな昼間から大勢で襲撃することなどないとは思うが、なにかがあったのはたしかだ。

電話の向こうから深く息を吸う音が聞こえた。

自分を落ち着かせたのであろう吉田の声が響く。

『鮫島組に志麻姐さんが誘拐されました』

一瞬、頭の中が真っ白になった。

志麻が誘拐された？

『若頭、聞こえていますか？』

何度か問いかけられ、ハッと我に返る。

「ああ、すまん。どういうことだ。山下は」

今日は妊婦健診の予定だったから、山下に送迎を頼んでおいた。

『実は、とてもタイミングが悪く』

吉田は山下の母親が病院に運ばれたことを話した。

山下に連絡をしたら、志麻が気を遣って車を降り、タクシーで帰ろうとしていたことを素直に告白したらしい。

『俺が姐さんの送迎中に電話をかけたからいけなかったんです。俺のせいです』

「それはいい。志麻は今どこにいる」

誰かを責めても仕方ない。今はその時間さえ惜しい。

『それが、鮫島組の倉庫らしいんです。若頭ひとりで来いと、今電話がありまして』

「狂言じゃないだろうな」

『志麻姐さんの声を、しっかり聞きました』

吉田が言うには、電話口で志麻と名乗るよく似た声の女性が出てきたので生年月日を聞いたという。

相手が答えたという生年月日は、志麻のものと一致していた。

「ったく、あいつは」

焦った山下を見て、放っておけなくなったのだろう。

志麻はその状況で「自分を送り届けてから病院へ行け」と言えるような女性ではない。

『どうします、若頭』

一般人の誘拐なら通報一択なのだろうが、ヤクザ同士のいざこざに警察は介入してほしくない。

相手もそれをわかっていて、人質をとったのだろう。

「志麻を取り返す。当たり前だろう？」

山下のせいではない。俺のせいだ。

あの日俺は、鮫島組のシマを歩いても大丈夫だろうと高を括っていた。

俺が単体で歩いていたら目立つだろうけど、志麻と一般の夫婦らしくいれば、気づかれないと思った。

俺は志麻といるうちに、すっかりどこにでもいる普通の男になれたような気がしていたのかもしれない。

「俺がカタをつける」

志麻は今のところは無事なのだろうけど、妊娠中の大事な体だ。

極度のストレスがかかったら、なにが起きるかわからない。

早く行かなければ。

俺はスーツの上着を脱ぎ、肩にかけた。

＊＊

どれくらいの時間が経ったのかわからない。

車から降ろされた私が見たのは、古い倉庫だった。

白い壁の半分くらいが茶色のサビに覆われている。元エクステリア会社の社員としては、外壁塗装をおすすめしたくなる見た目だ。

ここって、鮫島組の倉庫？

拘束もされなければ目隠しも猿轡《さるぐつわ》もされていない私は、下っ端ヤクザの案内について歩いた。

体が自由でも両隣をヤクザに挟まれたら、なにも言えないし、できない。

倉庫の中は空調機がついておらず、蒸し暑かった。

鉄骨むき出しの高い天井に、頼りない電球。その代わり天窓がついている。

床のあちこちに建材のようなものが無造作に積み上げられていた。

柄シャツを着たヤクザたちが、荷物に寄りかかるように立っている。

何十人いるのだろう。数えきれない。

視線が自分に向かって集中するのを感じたけど、まっすぐ前だけを見て歩いた。

最奥に、階段状に積まれた木材がある。

「どうぞ、姐さん」

私の少し先を歩いていた松坂氏が、木材の上に座る。

隣を手で示され、仕方なくそこに近づいた。

松坂氏は私に「城田をおびき出す餌になってもらう」と言っていた。

私は賢人さんをおびき出すための人質にされているのだ。

人質は無事でなければ意味がない。私が死体になったら、賢人さんはここに来る理由がなくなる。

一般人の常識が通じるかわからないけど、ひとまず私がいきなり殺されるということはないだろう。そう信じたい。

目だけ動かして、脱出口がないか探していると、松坂氏が笑った。

「下手なことはしないほうがいい。ここから妊婦が単独で脱出できる方法はない」

首を動かした覚えはない。視線だけで気づかれた。

背中に冷たい汗がじわりと滲む。

「あなたたちは、何日も私を見張っていたんですか」

「そう。あんたがひとりになる瞬間をずっと狙っていた」

彼は私のことを妊婦だと知っている。

おそらく午前中に産婦人科に行ったところを監視されていたのだろう。

と言うか、バッグにつけているマタニティマークを見たら一目瞭然か。妊婦を助けるためのマークに、逆に追い込まれるとは。

「どうしてこんなことを？」

声が震えた。

相手は賢人さんと敵対する極道だ。今は落ち着いているように見えても、いつどういう行動に出るかわからない。

「鵬翔会を潰すため。特に城田。彼が鵬翔会の要だ」

「賢人さんは若頭よ。組長じゃないわ」

「その組長も、若い構成員も、城田をえらく慕っているそうじゃないか。フロント企業の業績も、彼がいるおかげで順調にいっていると言える」

松坂氏は足を組んだ。

「よく知っていますね」

「城田がいなくなれば、鵬翔会は混乱する。そこをさらに突いて、崩壊させる」

サングラスをしている松坂氏の表情は読めないが、口元がにやついている。

黙っていると、松坂氏は私のほうを見てさらに口角を上げた。

「なかなか肝が据わっているな。普通は泣いたり叫んだりするのに」

だって、「やめて、帰らせて」って言ったところで解放はしてくれないじゃない。

下手に刺激できないから、黙っているだけ。

「肝が据わっているなんてことはないです。怖いです、とても」

そして、とても腹が立っている。

あのとき鮫島組のシマだと知らずにのんきに散歩して顔を覚えられたことも、そのあと完全に油断していた自分にも。

今までいろんなことがあった。患者取り違えで余命宣告されるし、実の親さえ私の味方になってくれないし、職場の目は冷たいし。

世間は厳しい。嫌というほど思い知ったはずなのに、私はまだのんきに暮らしていた。

すべては賢人さんのおかげだ。

どんなにつらい瞬間も、彼が私を守ってくれた。そばで笑ってくれた。

だから私は、まだ世界は自分に優しいのだと勘違いしていた。

彼と離れた瞬間から、自分を傷つけようとするものから身を守らなければならなかったのに。

さらに、お腹には賢人さんの子供がいる。一歩外へ出たら、厳重警戒するべきだった。

「賢人さんが来なかったらどうします？」

「ん？」

「彼が鵬翔会を取って、私を捨てるパターンもあるのでは」

賢い彼が、敵の本拠地に乗り込んでくるとは考えにくい。

しかし松坂氏は、私の考えを否定するように、声を出して笑った。

「城田は仲間を見捨てたりしない。そこは信用している。ましてや君は、城田の妻だ」

ずれたサングラスを直し、松坂氏は言う。

「この前会ったとき、城田が君を大切に思っているのがわかった。彼は君を取り返しに来る。絶対に」

キッパリと断言する松坂氏に違和感を覚える。

どうしてそこまで言い切れるのだろう。

「賢人さんと知り合って長いんですか？」

ずっと前から彼を知っているような口ぶりだ。

聞いてみると、松坂氏は遠くを見るような目で言う。

「高校の同級生だったんだ。よく一緒に無茶をしたもんだ」

「えっ！」

そうだったんだ。賢人さん、そんなことひとことも言わなかった。

「だけどあいつの妹が死んで、義兄も死んで、あいつは鵬翔会の若頭として嘱望されるようになった。その頃から、疎遠になった」

松坂氏が言葉を切ると、部屋がしんと静まり返る。

「そこまで知っていて、どうして……」

友達が鵬翔会にいるとわかっていて、なぜ犬猿の仲の鮫島組に入ったのか。

私の質問に、松坂氏は笑って答えた。

「俺にも家庭の事情ってやつがあってな」

それしか言わなかったけど、察するにはじゅうぶんだった。

賢人さんがヤクザになったように、彼もまた鮫島組に入るしかなかったのだ。

親戚がヤクザと知られれば、極道以外の道に進む選択肢はグッと狭くなる。

「話しすぎたな」

松坂氏が短いため息を吐く。

その瞬間、倉庫の入り口がざわめいた。

まさか……。

「若頭、来ました！」

どくんと胸が高鳴る。

賢人さんが来た？　しかも見張りに見つかるくらい正面切って堂々と？

「城田以外にも大勢います。卑怯なやつらめ」

見張りをしていたのであろう下っ端が吠えた。

いや、卑怯って……。賢人さんひとりで来いとでも言ったのかしら。人質取るほうがよっぽど卑怯じゃん。

「そりゃそうだろう。ひとりで来てくれりゃラッキーだったが」

松坂氏のそばで控えていたナンバーツーらしきヤクザが呆れ顔で下っ端を見た。

「王子様が到着したようだ」

軽い足取りで松坂氏が立ち上がると、ナンバーツーが私の手を取った。

「いたっ」

強引に、最奥の木材にロープで縛り付けられる。

木材は重く、私の力では動きそうにない。

いけない。このままじゃ、私のせいで抗争が始まってしまう。大勢の人が傷つく。

私は必死で松坂氏に訴えかける。

「昔の友達なのに傷つけ合うなんて苦しくないですか。お互いのテリトリーを守って、共生はできないんですか」

「……最近はどこの組も厳しくて、生き残りに必死なんだよ。鵬翔会はフロント企業が儲けてるからわからないかもしれないが」

松坂氏が振り向かずに答えた。声からは感情が読み取れない。

「昔からあいつにはなにをやっても敵わなかった。親しくしていたけど、心の底では消えてほしくて仕方がなかった」

「そんな」

松坂氏が振り返った。

サングラスの下の目は見えない。

一瞬だけ彼が吐露した黒い感情に押し潰されそう。

どうしようか考える間もなく、閉ざされていた倉庫の扉が大きく揺れた。

ガン、ガンと扉を連続して蹴っているような音が響く。

「鵬翔会だ！」

誰かが叫んだ。と同時、扉の前にいたヤクザたちが飛び退く。

蹴られた扉が、内側に飛んで倒れた。

もうもうと舞いあがる埃の向こうから、人影が近づいてくる。

埃が下に落ち始め、扉を蹴飛ばした張本人の姿がハッキリした。

「賢人さん！」

ビジネススーツを着た賢人さんの後ろには、黒い背広を纏った鵬翔会の構成員たちが並んでいた。

しかし二十名ほどだろうか。敵の人数より少なそうだ。

「松坂」

革靴を履いた賢人さんの足が一歩前に出る。

鮫島組の構成員たちに緊張が走るのがわかった。

「志麻を返してくれねえか」

「返してほしかったら、力ずくで奪え」

松坂氏の返答に、賢人さんは眉を下げる。

「勝手に攫っていって、そりゃねえだろ。いったいなにが目的だ？　話し合いで解決できねえことか」

「お前だってわかってんだろ。俺は鵬翔会を潰したいのよ」

「ケンカしてえってことか。もうガキじゃねえんだから、そういうのやめようぜ」

飄々としている賢人さんに対し、松坂氏が眉を吊り上げる。

「ぶっ潰してやるよ」

鮫島組の構成員たちがそれぞれ武器を構える。

武器といっても、その辺にある建材や建築道具だ。

鉄パイプや角材、チェーンソーや金づちを持った構成員。丸腰の者もいれば、ナイフを持っている者もいる。

なんでもありの異種格闘技戦じゃないんだから。

「そうはいかない」

鵬翔会の構成員は、拳を構える。

ちょ、ちょっと。丸腰は不利じゃない？

賢人さんと松坂氏がにらみ合う。

数秒後、鮫島組のナンバーツーが雄叫びを上げた。構成員たちが一斉に鵬翔会へ向かって駆け出す。

「覚悟はできてんだろうな！」

鵬翔会も賢人さんの声を合図にして駆け出した。

広い倉庫の中で、乱闘が始まる。

鵬翔会のメンバーは、敵を殴って倒し、武器を奪う。

カラスの群れのような鵬翔会は、数で有利な敵に囲まれながらも、簡単にはやられなかった。

賢人さん目掛けて鉄パイプが振り下ろされる。彼はそれを紙一重で避けた。

すると鉄パイプは賢人さんの後ろにいた敵に命中。赤い飛沫が飛んだ。

「数が多すぎるのも考えものだな！」

賢人さんは背広を脱ぎ、投げ捨てる。それは目隠しとなった。

敵の包囲が解けたその隙に彼は私のほうへ走る。が、次々に敵が前に立ちはだかる。

「おい松坂！　一対一でやらねえか！」

ブンブン唸りながら襲ってくる拳や武器を避け、反撃を加えつつ賢人さんが松坂氏に問いかける。

「高校生じゃあるまいし、断る」

「ああそうかい」

松坂氏は私の目の前で、乱闘を静かに見守っている。

誰かがタックルをし、誰かが壁に打ちつけられる。

ある者はジャンプして敵に飛びかかり、抱えられて投げ飛ばされる。

不意に賢人さんが宙に浮かんだ。

と思えば、次の瞬間には彼の飛び蹴りを食らった敵が他の敵を巻き添えにして吹っ飛ぶ。

倒れた者が起き上がり、他の者に攻撃する。

それぞれのシャツが赤く染まり、顔にあざができた。

「お願い、もうやめて」

お腹が張り詰めて痛い。

戦っている彼らはそれ以上に痛いだろう。
こんなこと、意味がない。
私の声など、彼らには聞こえていないのか。
拳をお互いの体に叩きつける。
数分後、立っている者の数が減ってきた。
全員傷だらけで息が切れているものの、鵬翔会優勢だ。
「誰が誰を潰すって⁉」
怒鳴った賢人さんがこっちに向かって駆ける。
本気で走る彼は、子供を助けたときと同じように風を切る。
松坂氏が胸元からなにかを取り出したのが、後ろから見えた。
彼の手に握られている、黒い塊。あれは——。
「ダメっ！」
私が叫ぶのと同時、引き金が引かれた。
耳をつんざく発砲音。構成員たちの動きが止まる。
「それは反則だろ！」
ありえない速さで松坂氏の懐に入り込んだ賢人さんは、彼の顎を目掛けて拳を突き上げた。

「ぐあ……っ！」

骨が軋むような、恐ろしい音が聞こえた。

松坂氏の体が重力を無視して宙に浮き、私の上を飛んですぐ後ろにドッと音を立てて落ちる。

「ひええ！」

すぐに賢人さんが駆け寄ってきて、私の手を拘束しているロープを切った。

いつの間にか、敵が所持していたナイフを奪っていたようだ。

他の構成員が、松坂氏の手から落ちた拳銃を回収し、彼に突きつけた。

「撃っちゃダメ」

ロープの痕がついた私の手首をさすり、賢人さんが小声で囁く。

「もう気を失ってる。撃ったりしないさ。前科が付くと、海外旅行しにくくなるだろ」

「そういう問題？」

構成員は銃口を松坂氏に向けたまま。

鮫島組の下っ端たちが、次々に武器を置いて両手を上げた。

「返してやれ」

構成員は銃を賢人さんに渡し、松坂氏の体を米俵みたいに担いで鮫島組の下っ端に投げるようにして返した。

「鵬翔会に手ぇ出すとどうなるかわかったか」

賢人さんが乱れた前髪をかきあげてすごむと、鮫島組の人たちがコクコクとうなずいた。

「さあ、帰ろう」

手を引かれ、立ち上がろうとした私は、体勢を崩して賢人さんの胸に飛び込んだ。

「あれ……」

膝に力が入らない。生まれたての小鹿みたいにプルプルする。

「よしよし、怖かったな。もう大丈夫だ」

「う、うん……ありがとう」

なんとか返事はするものの、体が言うことをきかない。

「仕方ないな」

突如やってきた浮遊感に驚く。

なんと、賢人さんが私の体を軽々とお姫様抱っこしていた。

「帰るぞ！」

「おう！」

ドスのきいた掛け声に、野太い声が返事をした。

賢人さんは私を抱いたまま、倉庫を悠々と歩いていく。

「あの、降ろして」

敵のヤクザが見ている前のお姫様抱っこは恥ずかしい。

味方もみんなニヤニヤしている。

「ダメ。勝手にいなくなった罰」

「ええ～」

好きでいなくなったわけじゃないのに。

でも、言いつけを破ってひとりになり、結果迷惑をかけたのでなにも言えない。

「どれだけ俺が心配したと思ってるんだ」

彼は強引に私の額にキスをする。

私はみんなの顔を見られなくて、気を失ったフリをした。

極道の甘い愛

汗だく血だらけの抗争から、七か月後。

私は無事に男の子を出産した。

「出産おめでとう！」

麻美ちゃんが久しぶりに訪ねてきた。

私と賢人さんは、相変わらず彼のマンションで暮らしている。

あの抗争のあと、賢人さんは怪我の理由を秘書さんに聞かれたとき、「転んだ」と言い張ったらしい。

みんな大なり小なり怪我をしたけど、命に別条がなかったのが救いだ。

鮫島組はすっかりおとなしくなり、あれ以来トラブルはない。

ちなみに鮫島組に拉致されたときにあっさり引き下がった川口君からは抗争の翌日、『生きてる？』とマヌケなメッセージがアプリに入っていた。

『生きてる』と送ると『よかった』とだけ返ってきた。

私を守ってくれたのは、あなたの正論ではなく、極道の賢人さんとその仲間たちだったよ。そう続けてやろうとしたけど、やめた。

本当のことは、私だけが知っていればいい。

そのまま音信不通になっていたけど、出産したことを三島さんに報告すると、なぜか川口君と三島さんの連名で出産祝いが送られてきた。

三島さんが選んだらしき、かわいい靴と天然木製のおもちゃだった。

お礼の電話を三島さんにしたら、『お金だけ出させてやりました。一応悪いことしたと思っているみたいです』と言っていた。

ひっひっひと魔女みたいに笑う三島さんを想像すると、こちらも笑える。

また会いましょうと約束し、電話を切った。

「ありがとう。わあ、こんなにたくさん」

「赤ちゃんのものだけじゃつまんないでしょ。これは志麻ちゃんとご主人に」

麻美ちゃんは何枚もの紙袋におむつと缶ミルク、大人用のお菓子やレトルト食品などを詰め込んで持ってきてくれた。

私からは連絡しないようにしていたのだが、麻美ちゃんからの連絡は途絶えなかった。出産報告をしたらどうしても会いたいと言ってくれて、こっちが折れた。私も会いたかったから。

「ところで赤ちゃんは？」

麻美ちゃんがキョロキョロしているところへ、リビングのドアを開けて賢人さんが現れる。

その手には、生まれて一か月の赤ちゃんが抱かれている。

慣れない育児は大変で、寝不足の日もあるけれど、うちの子はまだ長く寝てくれるほうだと思う。

「わあ～かわいい。お名前は？」

「海人《かいと》です」

「かっこいい～！　写真撮っていいですか？」

「どうぞどうぞ。抱いてやってください」

麻美ちゃんは終始テンション上がりっぱなしで、海人に対しての褒め言葉を絶え間なく呟いている。

来てもらってよかった。

「おじさんはこの子に会ったの？」

「あーうん、もう少し大きくなったら顔出そうかなと思って」

「そっかそっか」

抗争の一か月後くらいに父から電話があった。

『この前はごめんな』

情けない声でそう言った父は、私の健康状態を尋ねたあと、実家の状況を語り出した。

『お父さん、離婚しようと思ってさ』

実家でのトラブルで、麻美ちゃんが暴露したことが父の心を揺るがしたらしい。

義兄が私のことをいやらしい目で見ていたことがショックだったとか。

『ごめんな、お父さん味方になってやれなくて。心細かったよな』

そう言ってくれただけでじゅうぶん。父の家庭を壊したくないと伝えると『でもお父さんが面倒見てたら、浩君ずっと自立できないと思うんだよ』と返ってきた。

結局、父も義兄の面倒を見るのを負担に感じていたんだ。

私はなにも言えなかった。どうしろとも言える立場じゃないから。

数日後、また父から連絡が来た。

『浩君、働き出したよ』

この報告にはびっくりした。

麻美ちゃんが洗いざらいぶちまけ、私に絶縁宣言され、これはヤバいと思ったのだろう。さらに義母もパートの時間を増やしたらしい。

　離婚を考える父が放つ空気を感じ、こちらも危機感が増したのだと思われる。

『いつまで続くかわからないけど、もう少し見守ろうと思う』

『そっか』

『赤ちゃん生まれたら、お祝い贈るから教えてくれよ。あ、ちょっと待って』

　なんだろうと首を傾げると、スマホから父とは別人の声が聞こえてきて驚いた。義母だ。私はスマホを投げたい衝動を必死で抑える。

『あの……志麻ちゃん、この前はごめんね。私が間違ってた。私は縁を切られても仕方ないけど、お父さんには孫を見せてあげて。たまには会ってあげて。お願いします』

　あなたに頼まれることじゃないんだけど。

　イラッとしたけど、一応反省はしているみたいなので『わかりました』と返した。

　あちらも息子を侮辱した私や麻美ちゃんを憎んでいたけど、歩み寄ってくれたのだろう。

『賢人さんを大事にするんだよ。仲良くな』

　最後に電話を替わった父は、そう締めくくった。

お互いに、まだいろいろと思うことがあるけど、海人の存在が少しずつ私たちの溝を埋めていっているような気がする。

これからもつかず離れず、適度な距離を取って見守ろうと決めた。

それを麻美ちゃんに伝えると、ホッとしたような反応があった。

自分がぶっちゃけたことが私と実家の縁を切ってしまったと、密かに気に病んでいたと麻美ちゃんは語った。

私は彼女のせいだなんてまったく思ってないし、結果的にはよくなってきているので、気にしないでほしい。

「ああ〜ん」

麻美ちゃんに抱かれていた海人が泣き出した。

「わ〜、やっぱりママのほうがいいか」

彼女は弱った様子で私に海人を渡す。

海人は私の腕の中で、嘘のようにおとなしくなった。

「すごい。すっかりママだね」

「いやいや、まだまだだよ」

私があやしたって、ダメなときはダメだ。

夜中の授乳で起きて、そのまま全然寝なくなっちゃうこともザラにある。

別にだから私が母親失格だとは思わない。努力ではどうにもならないことだもの。

麻美ちゃんは少しお茶をして、すぐに帰っていった。

「また来るね」

多分、まだ大変な時期だということをわかっていて、長居しないように気遣ってくれたのだろう。

「志麻、ちょっと寝たら」

賢人さんも私に気を遣ってくれる。

CEOの仕事と若頭の両立で忙しいのに、育児や家事を積極的にやってくれるので、とても助かっている。

結婚する前、すぐ離婚しちゃうかもと思っていた自分を恥じるくらい、彼はいい旦那様だ。

「ありがとう」

海人もスイングに乗ってウトウトしているので、今のうちに少し寝かせてもらおう。

ソファに座ったまま目を閉じた瞬間、インターホンが鳴った。

寝かけていた海人が覚醒し、泣く。

賢人さんは彼を抱き上げ、よしよしと声をかけた。

「ふざけんな。誰だよ」

海人に対するのとは打って変わって、恐ろしい顔にラ行巻き舌。ヤクザの顔でモニターをのぞき込んだ賢人さんは、ちっと舌打ちをした。

「入れ。静かに。音を立てるな」

麻薬の密売人でも来たかのように、声を押し殺す賢人さん。

「ごめんな志麻。寝てていいから」

「目、覚めちゃった。誰か来たの？」

「大した客じゃない」

賢人さんが海人をあやしていると、玄関が開く音がした。それだけでまた海人がふにゃふにゃ言い出す。

「こんにちはー。若頭ー」

「てめえ！　音を立てるなって言ってるだろ！」

玄関から入ってきたお客が、青ざめて立ち尽くした。

パンチパーマの山下さんだ。

「指詰めるか？　ドラム缶に入れて海に流してやろうか？　今志麻と海人が寝ようと

してたんだよ！」

「ひいい、ご勘弁を～」

山下さんは持っていた荷物を降ろし、床にひれ伏す。

大声にびっくりした海人もギャン泣きして、リビングがカオスと化した。

「まあまあ。悪気はないんだから、そんなに怒らないで」

「姐さ～ん」

山下さんはハイハイするように、私の後ろに四つん這いで回り込んだ。

彼は私が誘拐されたことで、一時立場が危うくなった。

いくら母親が倒れたとしても、私をひとりで路上に降ろしたのは許せないという意見が組の中で膨らんだのだ。

私は組長さんやみんなの前で、自分で車を降りると言い張ったこと、山下さんは悪くないことを主張した。

『志麻ちゃんがそう言うならしょうがねえ。許してやらあ』

組長さんがそう言えば、反論する者はいない。

山下さんは組に残れることになった。

ちなみに彼のお母さんは、心筋梗塞だったらしい。

救急車を呼ぶのが早く、病院の処置が適切だったので、大事には至らずに済んだ。もう退院して、元通り働いている。山下さんもお母さんを無理させないよう、食事の用意をするときは一緒に台所で働いているらしい。

「いきなりどうしたの？」

「組長からの贈り物を持ってきたんです」

「またか」

賢人さんは若干うんざりした顔で山下さんが持ってきた段ボール箱を見下ろした。

「うれしいことじゃない。ありがとうね、山下さん」

「姐さん……一生ついていきます！」

お礼を言うと、山下さんは涙を流した。

普段よほど雑な扱いをされてるのかな。今度組長さんに会ったら、山下さんに優しくしてもらえるように言っておかなきゃ。賢人さんにも。

「だってこれ」

賢人さんが私に海人を渡し、箱の中から赤ちゃん用の紋付袴風のロンパースを取り出す。

それを見た海人は、なぜか泣き止んだ。

組長さんは孫が生まれたことを心から喜んでくれ、こうして贈り物を届けてくれる。おむつ、ミルクに始まり、赤ちゃんの衣料品や小物、果物、現金など。

「絶対、百日祝いに参加したいんだよ」

彼は袴風ロンパースを渋い顔で見た。

組長さんのプレゼントセンスは独特で、「クソガキ」と書かれたよだれかけとか、ヒョウ柄のロンパースとか、バイクに乗った五月人形とか、銃のおもちゃとか、あちこちにやんちゃっぽさが漂う。

「いいじゃない、袴風。なにも用意してないから助かるよ」

百日なんてすぐそこだ。そこまでにお祝いやお参りの用意を自分でやる自信がない。

「それに、海人の誕生を喜んでくれてるんだもん。一緒にやろうよ、お祝い」

「あの屋敷、教育に悪そうなんだよなあ」

私はパリピヤクザのサプライズパーティーを思い出して笑った。

そりゃあ社会的に見れば教育に悪いに決まっているけど、別にいいじゃない。

パパもじいじも、ヤクザだけど海人のことを愛してくれてるんだもの。それでじゅうぶん。

「いいのいいの。パパだってヤクザだけど素敵だもんねー」

海人はまたウトウトとし始めた。

「そうそう。じいじがくれた白い粉、飲んでね」

「粉ミルクって言えよ」

囁いた山下さんに、賢人さんが小声で突っ込んだ。

「百日祝いのとき、屋敷でおふたりの結婚祝いもやろうって組長が言ってました」

「結婚祝いはこの前やっただろ」

「いえいえ。今度は姐さんに白無垢を着せて、兄弟の盃《さかずき》、じゃねえや三々九度の盃を交わさせるんだーって張り切ってます」

ふたりの会話を聞きながら、スイングに海人を乗せ、寝室に運ぶ。

私が白無垢なら、賢人さんは紋付袴かな。

昔の結婚式みたいに、あの屋敷で盃を交わすのか。その様子を、ずらりと並んだスーツ姿の極道が見守っている。

想像すると、なんだかすごかった。

やっと眠った海人の顔を見ていたら、私まで眠くなってきた。

ころんとベッドに横になると、静かに寝室のドアが開く。

「俺も昼寝しよ」

忍び足でやってきた賢人さんが、隣に横になりながら布団をかけてくれる。

「山下さん、帰ったの？」

「うん。早くマツマのところへ帰れって言ってやった」

海人が起きないように、顔を近づけてひそひそ声で話す。彼の息がまつ毛に当たってくすぐったい。

実は賢人さん、私のお腹が大きくなってからは隣に簡易ベッドを入れて寝ていた。寝相が悪いわけでもないのに、「もし寝ている間にお腹を蹴ったりしたらいけないから」という理由で離れていた。

出産して、やっと同じベッドで眠れるようになったと思ったが、赤ちゃんの頻回授乳でゆっくりしていられない。

賢人さんが私の腰に手を回す。

彼の体温に温められ、すぐに眠たくなるも、頭のどこかで、いつ海人が起きるかと心配している。

母親はいつも心休まる暇がない。

「ほら、瞼を閉じないと」

優しく髪をなでる賢人さんの声が優しかった。

「うん……」

「今日は俺がいるからゆっくり休んで」

私の心配を見透かしたような発言に、ゆっくりと瞼を閉じた。

「元気になったら、いっぱいしような」

額にキスをした彼が、耳元で囁く。

思いもしなかった甘い響きに、眠気が飛んだ。

「いっぱいって、なにを？」

賢人さんが人差し指を唇に当てた。意外に大きな声が出ていたみたい。

「夫婦らしいことに決まってるだろ。最初の一回で妊娠してから今まで、俺ずーっと生殺し状態」

生殺し……。賢人さんが言うと、非常に物騒な単語。

「そ、それは仕方ないでしょ」

「そうだよ。俺の責任だから。わかってるよ、それは。だから志麻にムリヤリエロい奉仕とかもさせずに頑張っている」

「やめて、子供の前で」

エロい奉仕って具体的にどういうことを指すのか。

聞くのも恥ずかしくて、賢人さんに背を向けた。

「あいつずるいよなあ、毎日志麻の胸揉んで吸って」

「やめなさいってば。赤ちゃんにそういうこと言うの」

「冗談だって。怒るなよ」

冗談でも、赤ちゃんがすることをエロいことに例えるのはよくない。

黙って背中を向けていると、背後から手が伸びてきた。

大きな手が私の胸の膨らみを包む。

「ちょ、こら」

「あー、いい匂い。癒やされる」

体を密着させ、私のうなじの匂いを嗅ぐように顔を寄せる賢人さん。

彼の高い鼻先に首をくすぐられ、体をよじる。

「ちょっ……」

ふにふにと柔らかさを確かめるようだった指が、急に止まった。

「ん？」

後頭部から、すうすうと規則的な寝息が聞こえてくる。

これはもしや……賢人さんも寝ている？

固くなった体から、力が抜けた。

そういえば賢人さんも寝不足だったんだ。

前から変わらぬ忙しさに、子育てが加わったから。

彼は夜、一回ごとに授乳を代わってくれる。その後の寝かしつけまで入れると、睡眠時間はだいぶ削られていることだろう。

賢人さんの寝息を聞いていると、私も急に瞼が重くなってきた。今度こそ寝られそう。

瞼を閉じると、背中に彼の鼓動を感じる。

ありがとう、賢人さん。

私は今、とても幸せです。

どうか、あなたが安らかに眠れる日が一日でも多く訪れますように。

子供のときの孤独も、大人になってからの戦いの日々も、いつか癒やされるときが来ますように。

あなたが私を守ってくれるから、私もあなたを守る。

胸の前で手を繋ぐ。ふわりと浮くような感覚にさらわれ、私は眠りの世界に身を任せた。


【終】

あとがき

初めての方ははじめまして。いつもの方はいつもありがとうございます。真彩《まあや》-mahya-です。

この度は本作をお手に取っていただき、ありがとうございます。

今回はお久しぶりの現代もので、とっても書きやすかったです。

今までは警察官とか、自衛官とか、どっちかと言うと正義の味方みたいなヒーローが多かったので、ヤクザヒーローは自分の中でとても新鮮でした。

怒るとラ行が巻き舌になって、周囲を威圧する。そんなヒーローがみなさんに受け入れてもらえるのか、ちょっとドキドキしつつ。

試行錯誤した結果、マイルドなヤクザになりました。怒ると怖いんだけど、普段は愛嬌があるというか。

組長や構成員も、「ヤクザなのになんとなくかわいい」を目指し、成功したと思います。私のお気に入りは山下さん。いいやつだった。

ど派手な抗争シーンも書きたかったんですが、ヤンキー漫画じゃないのでやめました。あんまり血みどろだと、読んでて痛くなっちゃいますしね。

ちなみに最初のほうの病院の描写ですが、患者の取り違えってなさそうで、本当にあるそうです。

ヒロインの場合は不運が重なっての誤診となりましたが、そこまではないとしても、しなくてもいい検査をされちゃうとか、別患者の点滴をされちゃうということが実際に起きています。

読者の皆様が病院にかかって本人確認されるときは、しっかり耳を澄ませ、フルネームでハッキリ答えましょう。私も気をつけます。

最後に、マーマレード文庫編集部の皆様、美麗な表紙イラストを描いてくださった石田恵美《いしだめぐみ》様、この書籍に関わってくださったすべての方に御礼申し上げます。

そして、この作品を読んでくださった皆様。本当にありがとうございます。

毎日いろいろあって疲れちゃうこともあると思いますが、あんまり頑張りすぎないように。ゆっくり休みながらいきましょう。

読者の皆様に癒やしとときめきを提供できたら幸いです。

では、またお会いしましょう。そのときまでお元気で！

令和五年七月　真彩 -mahya-

マーマレード文庫

極道CEOは懐妊妻にご執心
～一夜の蜜事から激愛を注がれ続けています～

2023年7月15日　第1刷発行　定価はカバーに表示してあります

著者　真彩-mahya-　©MAHYA 2023
編集　株式会社エースクリエイター
発行人　鈴木幸辰
発行所　株式会社ハーパーコリンズ・ジャパン
東京都千代田区大手町1-5-1
電話　03-6269-2883（営業）
0570-008091（読者サービス係）
印刷・製本　中央精版印刷株式会社

ISBN-978-4-596-52084-5